Karl Wiedemann

Nikolaustratzen

Wie ein bayerischer Bub einst die Adventszeit erlebte

CON-TEXT
Dr. Alexander Bronisch

Grafik und Satz: Dagmar Rogge, dagmar.rogge@t-online.de
Redaktion: Dr. Alexander Bronisch, Warngau
Repro der Ölgemälde: Anja Renata Walz

Scan und Bildbearbeitung: DTP Satzstudio, W. Schütz, Miesbach
Druck: Mayr Miesbach GmbH, DRUCK - MEDIEN - VERLAG

Titel: Collage aus zwei Gemälden von Karl Wiedemann (Dagmar Rogge)

2. Auflage 2008

ISBN: 978-3-939813-02-6

Die Deutsche Nationalbibliographie verzeichnet diese Publikation.
Detaillierte bibliografische Angaben sind im Internet über
http://dnb.d-nb.de abrufbar.

Erschienen im Verlag von Dr. Alexander Bronisch, Con-Text,
Heigenkam 1, 83627 Warngau, Tel.: 08021-909147,
Fax: 08021-909584, E-Mail: info@con-text.biz

Nikolaustratzen

Wie ein bayerischer Bub einst die Adventszeit erlebte

Karl Wiedemann
Mit Gemälden des Autors

Inhaltsverzeichnis

Vorwort

Die „staade Zeit“ – so wird bei uns die Vorweihnachtszeit genannt. Eine Zeit, in der man sich auf das Weihnachtsfest vorbereitet und sich darauf freut. Ganz besonders gilt dies für die Kinder, die noch an das Christkind und den Nikolaus glauben. Für diese hat die Weihnachtszeit einen ganz besonderen Zauber. Viele Erwachsene erinnern sich gerade in der Adventszeit gerne an ihre Kindheit. Wie war das damals, als der Nikolaus mit dem Krampus ums Haus schlich? Und wie war man froh, daß man nicht in den Sack vom Krampus gekommen ist, sondern vom Nikolaus neben einer kleinen Strafpredigt noch ein paar Geschenke bekommen hat. Oder als dann am Heiligen Abend das Wohnzimmer versperrt war und man sehnsüchtig auf die

Ankunft des Christkindls gewartet hat, wie hat da das Herz vor Aufregung geklopft.

Manche Erwachsene erinnern sich gerade deshalb so gerne an früher, weil die Vorweihnachtszeit heute so gar keine „staade Zeit“ mehr ist. Alles geht so schnell und manchmal auch hektisch und oft steht das Schenken im Vordergrund.

Eine ganz andere Zeit bringt uns Karl Wiedemann mit seinen Adventsgeschichten nah. Hier erleben wir mit, welche Bedeutung der Nikolaus für einen Buben hatte, wie schön doch das Funkeln der Kerzen sein kann und wie wenig es an Geschenken braucht, um ein Kind glücklich zu machen. Bei manchen Geschichten kann man herzhaft lachen, andere stimmen einen doch sehr nachdenklich – über allem aber liegt der Zauber des Weihnachtsfestes. Der Zauber, den das Fest für alle Kinder hat und manchmal auch für uns Erwachsene, wenn wir uns nur besinnen auf die so schöne „staade Zeit“.

Franz Schnitzenbaumer
Erster Bürgermeister der Marktgemeinde Schliersee

Karl Wiedemann

Am malerischen Schliersee ist er als dritter von acht Geschwistern geboren und aufgewachsen: Der bayerische Autor und Kunstmaler Karl Wiedemann. Er besuchte die Volksschule und trat danach eine Lehre bei einem Malermeister in Holzkirchen an. Im letzten Lehrjahr arbeitete er im Auftrag seines Lehrherren bei einem Kirchenmaler. In dieser Zeit erwarb er sich die ersten künstlerischen Grundlagen, beispielsweise den richtigen Umgang mit Farben, was ihm in späteren Jahren bei der Fertigung seiner Gemälde sehr zugute kam. Nach einigen Jahren allerdings war er gezwungen, den Beruf aus gesundheitlichen Gründen zu wechseln. Er schlug einen anderen Weg ein und fand eine Stellung bei der Post. Neben seiner beruflichen Tätigkeit nahm sich Karl Wiedemann aber immer auch Zeit für seine eigentliche Passion: das Schreiben und Malen. Nach und nach brachte er eine Reihe von Episoden aus seiner Kindheit zu Papier. Seine Geschichten aus der Advents- und Weihnachtszeit, wie er sie damals als kleiner Bub in Schliersee erlebt hat, trägt er seit den achtziger Jahren jedes Jahr beim „Schlierseer Advent" vor – mit großem Erfolg. In den 90er Jahren erschien sogar jede Woche eine Geschichte des Autors im „Schwarz-Weiß-Blattl", einem Anzeigenblatt im Landkreis Miesbach. Das Publikum und die Leser schätzten seinen unprätentiösen, schlichten Stil, mit dem es ihm immer wieder gelingt, die Bescheidenheit, mit der man damals die Adventszeit und das Weihnachtsfest beging, anschaulich und glaubhaft zu vermitteln.

Mittlerweile hat sich Karl Wiedemann weit über seinen Heimatort hinaus einen Namen gemacht. Inzwischen gastiert er auch an renommierten Veranstaltungsorten wie der Blutenburg und dem Künstlerhaus in München. Kinder liegen dem begeisterten Großvater von vier Enkeln ebenfalls am Herzen. Seit 1974 schreibt er Stücke für die Schlierseer Hirtenkinder und studiert sie zusammen mit dem Nachwuchs ein. Sie wurden auch schon im Münchner Herkulessaal aufgeführt.

Eine besondere Leidenschaft verbindet Wiedemann mit der bayerischen Brauchtumspflege. Seine zahlreichen ehrenamtlichen

Tätigkeiten und Aufgaben zeugen davon. Seit vielen Jahren führt er jede Woche Besucher durch seinen Heimatort. Schließlich weiß er einiges über Schliersee zu berichten. Dort kennt er nicht nur Weg und Steg, sondern kann auch manche interessante Details über die Geschichte erzählen.

Da wundert es nicht, daß er sich auch der Pflege historischer Trachten verschrieben hat. 20 Jahre lang bekleidete er das Amt des Vorstands des Altschlierseer Trachtenvereins, den er mitbegründet hat. Aufgrund seiner verdienstvollen Arbeit wurde er danach zum Ehrenvorstand ernannt. Außerdem fungiert er als Vorsitzender der „Vereinigung Historische Trachten in Altbayern" und ist Präsidiumsmitglied im Münchner Festring. Jedes Jahr Ende September fällt ihm eine besondere Aufgabe zu: die Mitgestaltung des großen Oktoberfest-Trachtenzuges durch München.

Bei all diesen Tätigkeiten soll auch sein musikalisches Engagement nicht unerwähnt bleiben: Im über die Grenzen des Landkreises Miesbach hinaus bekannten „Schlierseer Viergesang" ist er die Bariton-Stimme.

Seit zehn Jahren ist Karl Wiedemann in Rente, aber langweilig wird ihm nicht. Jedes Jahr im Advent packt er seine Geschichten aus und liest sie einem begeisterten Publikum im Rahmen zahlreicher Adventsveranstaltungen in ganz Bayern vor. Viele seiner

Generation können sich in das Erlebte ganz besonders gut einfühlen, haben doch auch sie besonders zur Weihnachtszeit ähnliche Erfahrungen im von Entbehrungen getrübten, aber auch von kleinen Freuden erfüllten Leben in den ersten Nachkriegsjahren in Bayern gemacht.

Karl Wiedemann denkt noch lange nicht ans Aufhören. Die Liebe zur Malerei hat ihn seit seiner Ausbildungszeit beim Kirchenmaler nicht mehr losgelassen. Neben seinen Lesungen locken ihn immer wieder Auftragsarbeiten ins Maleratelier und Landschaftsmotive in die Natur. Die Einzigartigkeit seiner Heimat rund um den Schliersee hat es ihm angetan. Hier ist er verwurzelt, das zeigt sich in seinen Bildern, auf denen er die Landschaft im Wandel der Jahreszeiten festgehalten hat.

Heute lebt Karl Wiedemann mit seiner Frau Maria in Miesbach, pflegt regen Kontakt zu seinen Zwillingstöchtern samt Enkeln und wandert zur Entspannung am liebsten durch die heimatliche Bergwelt.

Fotos S. 10 und 13: Karl Wiedemann mit seinem Enkel Florian. Fotographin: Anja Renata Walz.

Es wird Advent

Eine Riesenplagerei war das jedes Jahr in meiner Kindheit, wenn ich in den oft schon tiefverschneiten Wald geschickt wurde, um Tannenzweige für unseren Adventskranz zu holen. Doch beim Anblick der schneebedeckten Tannenbäume spürte ich schon das vorweihnachtliche Kribbeln und die Vorfreude auf die kommende Zeit: auf die Adventsabende daheim mit den Liedern und Geschichten, aufs Plätzchenbacken, Kripperlbauen und natürlich auf den Höhepunkt der Adventszeit, den Heiligen Abend und das Christkindl.

Alles wäre so schön gewesen, wenn nicht vor dem Christkind noch der Nikolaus mit seinem finsteren Gesellen, dem Krampus, gekommen wäre. Beim bloßen Gedanken, daß es nicht mehr lang hin war bis zum Nikolaustag, lief mir ein eiskalter Schauer über den Rücken. So mutterseelenallein im finsteren Wald fallen einem schon so schreckliche Sachen ein. „Der Nikolaustog miaßat obgschafft werdn, bsunders da Krampus ghört von Haus aus weg, d'Regierung oder da Papst solltn des verbieten", so dachte ich mir damals in meiner verständlichen Bubenangst. Und auf die paar Nüsse und Äpfel und den zähen Lebkuchen hätte ich gerne verzichtet.

Heute denke ich mir, es wäre doch schade, wenn es keinen Nikolaus mehr gäbe, wenn er tatsächlich abgeschafft worden wäre, so wie ich es mir damals gewünscht hatte. Hat man später selber Kinder, ist man recht froh, wenn es noch einen Nikolaus gibt, denn da kann man allein mit dem Satz „Jetz kimmt dann boid da Nikolo und der siehgt des ois, wia du di aufführst und schreibt ois in sei groß Buach nei" ohne Schimpferei oder sonstigen Strafandrohungen die unfolgsamsten Buben und Mädel leicht zur Räson bringen, und das allein ist schon viel wert. Außerdem: Ein bißchen Angst vor dem Unheimlichen, vor Gestalten aus einer anderen Welt, das gehörte schon immer zur Adventszeit, und wenn man den Nikolausbesuch überstanden hat – das weiß ich aus eigener Erfahrung – ist die Freude aufs Christkindl um so größer.

Der Barbaratag

Am Barbaratag, den man am 4. Dezember begeht, gibt es einen alten Brauch, der sich bis in die heutige Zeit hinein gehalten hat. Barbarazweige werden geschnitten, welche man dann, in eine Vase mit Wasser gefüllt, auf einen möglichst gleichbleibend warmen Platz stellt. Wenn man Glück hat – und die richtigen Zweige – dann blühen sie genau zu Weihnachten auf.

Als Bub hat mich meine Mutter auch einmal um Barbarazweige geschickt. Sie sagte: „Hol Zweigerl, denn heit is Barbara!" Aber ich hatte von dem Brauch damals keine Ahnung So ging ich in den Wald und schnitt dort mühselig Zweige von einem Tannenbaum. Als ich damit nach Hause kam, wurde ich recht spöttisch ausgelacht, da ich bloß Tannenzweige, wie sonst auch im Advent, heimbrachte. „Geh Bua, bist du ned no dümmer," sagte meine Mutter, „solche Zweigerl blüahn doch ned, naa, Barbarazweig, de muaßt vom Kirsch-, Zwetschgen- oder Apfelbaam hoin. Woaßt denn koane solchen Baam?" Natürlich fielen mir gleich alle Bäume ein, an denen ich mich im Sommer und Herbst mit Obst versorgt hatte. Sogleich machte ich mich auf den Weg zum nahegelegenen Pfarrgarten. Ich schlich zum nächsten Kirschbaum, der im Juli so gute Herzkirschen trug, und brach dort vorsichtig ein paar Zweige ab. Da ging auf einmal im Pfarrhof das Küchenfenster auf und die Pfarrersköchin schrie heraus: „Ja, glangt des ned, daß d' uns im Sommer scho de ganzen Kirschen stiehlst, muaßt jetz im Winter aa no Zweigerl obabrecha?" „ I soi ja bloß Barbarazweig hoin, hot mia d'Muatta ogschafft", stammelte ich als Entschuldigung. „Aber doch ned oiwei bei unsane Baam! Geh amoi woanders hi", schrie mir die Pfarrersköchin noch nach, während ich bereits mit meiner Beute wieder über den Zaun kraxelte.

Ganz außer Atem brachte ich meiner Mutter die Kirschzweige, sagte ihr aber wohlweislich nicht, woher sie stammten. Einen Diebstahl aus dem Pfarrgarten stufte ich nämlich selber als doppelte Sünde ein. Meine Mutter tat dann die Zweige in eine passende Vase und stellte sie auf den Küchenkasten, da es dort angeblich am wärmsten war.

Den ganzen Advent beobachtete ich meine so mühsam erworbenen Zweigerl, konnte aber keine Veränderung bemerken. Die letzten Tage vor Weihnachten, wahrscheinlich wegen der Vorfreude aufs Christkindl, vergaß ich die Zweiglein dann ganz. Bis mich am Heiligen Abend meine Mutter darauf aufmerksam machte. „Do, schaug amoi nauf auf'n Kasten zu deine Zweigerl, jetzt spitzens scho raus." Und an den Weihnachtsfeiertagen blühten sie wie sonst nur im Frühling. Damals verstand ich die naturwissenschaftlichen Zusammenhänge noch nicht, doch in meinem kindlichen Gemüt kamen mir die blühenden Kirschzweige mitten im Winter wie ein echtes Weihnachtswunder vor.

Guatlbacha

Damals, als kleiner Bub, fing die Advents- und Weihnachtszeit nicht erst mit dem Öffnen des ersten Adventskalendertürls an oder beim Anzünden der ersten Kerze am Adentskranz. Bei mir zu Hause begann der Advent schon Ende November, als der Postbote das schon brieflich angekündigte Paket der Bäckerei im Bayerischen Wald brachte, aus der meine Mutter stammte. Während des Krieges und noch mehr in den Nachkriegsjahren war das Paket mit ein paar Pfund Mehl und Zucker ganz etwas besonderes, denn sonst hätte man ja keine Grundlage gehabt für die Weihnachtsplätzchen. Es war schon schwierig genug, das dazugehörige Fett und ein paar Eier zu besorgen. Als das Paket ankam, herrschte immer eine große

Freude und meine Eltern beschlossen, daß gleich am nächsten Tag Plätzchen, das sogenannte Waschkorbgebäck, gebacken werden sollten.

Schon in aller Herrgottsfrüh kehrte der Vater das Ofenrohr, damit der Ofen auch den richtigen Zug bekäme, und ich schleppte nach der Schule freiwillig ein paar Arme voll Holz und etliche Eimer Kohlen in unsere Wohnung im zweiten Stock. Um diese Jahreszeit wird es ja schon früh dunkel, und so gingen wir Kinder gerne heim vom Schlittenfahren, noch dazu ängstigte uns unsere Mutter stets mit der Geschichte, daß der Mesner nach dem Gebetläuten die Wölfe auslassen würde.

Nach dem Abendessen räumten wir gleich den Tisch ab, damit man das große Nudelbrett darauflegen und unsere Mama unter den aufmerksamen Augen ihrer Kinderschar ihr Werk beginnen konnte. Unser Papa hatte währenddessen schon neben dem gut geheizten Herd seinen Platz eingenommen, damit dieser, wenn es so weit wäre und die ersten Plätzchen auf dem eingewachsten Kuchenblech lagen, die richtige Hitze zum Guatlbacha hätte, nicht zu wenig und nicht zu viel, „denn vabrennt sans glei", erklärte uns der Vater.

Andächtig wie in der Kirche den Pfarrer beobachteten wir Kinder unsere Mutter, wie sie das Mehl zu einem Berg auftürmte.

Obenauf kamen Zucker, Eier und ein kleines bißchen Fett und schließlich knetete sie alles zu einem großen Batzen Teig. Den großen Klumpen teilte sie dann in mehrere kleine Kugeln. Eine wurde gleich mit dem Nudelholz zu einem großen dünnen Fleck gewalzt. Die Förmchen lagen schon griffbereit, Herzen, Sterne, Mond, Tannenbaum, und beim Ausstechen fiel, wenn man es geschickt anstellte, schon ein bißchen Plätzchenteig ab. Dieser frische Teig schmeckte mir immer viel besser als die fertigen Plätzchen, so daß ich mich immer wunderte, wozu sich meine Eltern jedes Jahr soviel Arbeit mit dem Backen machten.

Obwohl ich vor Aufregung in der warmen Wohnküche ein ganz rotes Gesicht bekommen hatte, fühlte ich auch die innere Wärme und Geborgenheit an diesem schon vorweggenommenen Adventsabend, und als ich zum Fenster hinaussah, tanzten dort bereits die ersten Schneeflocken als Vorboten der nun anbrechenden Adventszeit.

Der Krampus mit der Zipfelhaube

Da es meinen Vater beim Backen neben dem Ofen natürlich dürstete, schickte er mich um eine Maß Bier. Weil in der Gaststätte beim Eder das Bier um ein Zehnerl billiger war und der Wirt auch besser einschenkte, mußte ich in die ca. 300 m entfernte Gassenschänke gehen, obwohl gleich neben unserem Wohnhaus auch ein Wirtshaus war. Es war schon finster, als ich mit meinem leeren Maßkrug den Weg antrat. Auf der beleuchteten Straße hatte ich mir noch nichts gedacht, jedoch die letzten Meter durch den dunklen Gang zwischen den Bretterhaufen einer Wagnerei und einer Schmiede bis zum Eingang des Wirtshauses beim Eder wurde es mir doch recht mulmig zumute. Vorsichtig zog ich an der Glocke im finsteren Hausgang der Gassenschänke.

Die Küchentüre ging auf, aber es kam nicht der Wirt, sondern erst einmal sein Bernhardinerhund, der sich neben mich setzte, so daß ich mich gar nicht mehr zu rühren traute. Es kam mir wie eine Ewigkeit vor, bis sich endlich der Eder selber in die Schänke bequemte, um mir meinen Maßkrug aufzufüllen. „Is da Durscht ausbrocha dahoam?“, fragte er jedes Mal, wenn ich zum Bierholen kam. „Freili“, sagte ich, „weil mir heit Platzl bacha für Weihnachten.“ Das hätte ich nicht sagen sollen. „Aber des woaßt scho, daß vor'm Christkindl no da Nikolaus kimmt“, sagte daraufhin der Eder. „Ja natürlich“, antwortete ich. Wie hätte ich dieses Ereignis auch vergessen können, wo mir eh schon davor graute. „Und daß jetz scho oiwei Krampus umananda laffan“, sagte der Eder, „de wo kloane Buam an Sock einedean und dann in See eineschmeißn. Erst vor a paar Tog hams' wieder an Buam rausgfischt.“ Lauter so scheußliche, Angst machende Dinge erzählte er und der Hund neben mir knurrte bei jedem Satz beifällig. Als dann der Eder bemerkte, daß ich immer blasser wurde, ließ er mich endlich gehen und schlurfte mit seinen Pantoffeln neben dem Bernhardiner wieder in seine Küche.

Mit dem vollen Maßkrug in der Hand und weichen Knien wollte ich so schnell wie möglich wieder nach Hause gehen. Zur Beruhigung nahm ich ab und zu einen Schluck aus dem vollen Maßkrug, den ich dann am Brunnen im Hausgang wieder auffüllen wollte. Aber so weit war ich noch gar nicht gekommen, als aus einer Seitengasse ein bärtiger Mann mit einer schwarzen Zipfelhaube, einer langen Kotze und einem großen Rucksack trat. Sofort bildete ich mir ein, daß dies jetzt ein solcher Krampus sei, der abends die kleinen Buben zusammenfängt und dann in den See schmeißt. Wahrscheinlich war es nur ein Holzknecht, aber in meiner Panik fing ich an zu laufen und vor lauter Aufregung fiel ich noch über den Randstein. Dabei zerbrach natürlich der Maßkrug und das gute Bier ergoß sich über die Straße. Mit zerrissener Hose, aufgeschlagenen Knien und dem Henkel in der Hand rannte ich heim. Noch immer hatte ich Angst, daß mich ein Krampus erwischt. Zuhause verteidigte ich mein Aussehen und den zerbrochenen Krug, indem ich meinen Eltern erzählte, daß mich ein Krampus fangen wollte. Mein Vater, der sonst bei solchen Verfehlungen meinerseits nicht zimperlich war, schimpfte nicht einmal, eher machte ihm meine Mutter Vorwürfe, daß er mich noch im Finstern so weit um ein Bier schickt. Zum Trost drückte sie mir ein paar schon fertige Plätzchen in die Hand. Das war schon etwas besonderes, denn meine Geschwister bekamen nur die Plätzchen, die der Vater, obwohl er direkt neben dem Ofen saß, hat verbrennen lassen. Er schickte dann noch meine ältere Schwester mit dem Reservemaßkrug ums Bier, aber sie durfte es gleich in der Gaststätte neben unserem Wohnhaus holen, da machte es dann nichts mehr aus, daß die Maß gleich um ein Zehnerl teurer war. Und ich durfte inzwischen die frischgebackenen Plätzchen mit Zuckerguß und bunten Liebesperlen verzieren.

Nikolaustratzen

Eigentlich brauchte man als Bub schon eine Schneid, wenn man dabei sein wollte abends beim Nikolaustratzen. Einer der schneidigsten Burschen in unserem Viertel war der Luggi, gefürchtet von der Lehrerschaft, der Geistlichkeit und sonstigen Nachbarn im Dorf. Er war nicht nur unser Häuptling im Sommer beim Indianerspielen, sondern auch im Winter beim Schlittenfahren und Anführer bei unseren Bubenstreichen.

Am 5. Dezember sagte der Luggi nach der Schule: „Heit auf d'Nocht treffen mir uns zum Nikolaustratzen!“ Wir waren natürlich alle dafür und freuten uns auf den Abend. Als es finster wurde, versammelten wir uns auf der Straße und einer der Buben wußte schon, wo sich der Nikolaus und sein Krampus gerade befanden. Auf Befehl vom Luggi mußten wir Schneebälle vorbereiten und auf sein Kommando auf den Nikolaus schießen, sobald er mit dem Krampus aus dem Haus kam. Gesagt, getan. Dann rannten wir schnell davon und versteckten uns in verschiedenen Schlupfwinkeln, denn der Krampus lief wie wild uns Buben hinterher. Wenn dann der Nikolaus in ein anderes Haus ging, folgte ihm die Bubenschar in gehörigem Abstand und wiederholte auf Luggis Befehl beim Herauskommen des Nikolaus und seines finsteren Gesellen die Schneeballattacke. Manchmal war es schon recht knapp, daß einen der Krampus bei der anschließenden Verfolgungsjagd nicht erwischte.

Plötzlich wurde unser Anführer ganz still und kleinlaut und behauptete, er müsse jetzt nach Hause gehen, weil auch zu ihm der Nikolaus käme. „Der werd si doch ned fürchtn," dachten wir uns, „der werd dene zwoa scho wos vazähln, da Luggi, der Hundling, der loßt si ned so leicht unterkriagn", bildeten wir uns ein.

Als es dann soweit war, daß der Nikolaus zusammen mit dem Krampus in das Haus ging, in dem der Luggi wohnte, schlichen wir alle hinterher, um im Stiegenhaus zu horchen, wie unser schneidiger Anführer es den beiden zeigte und sich nichts gefallen ließ. Aber das, was wir da mitbekamen, war nicht dazu angetan, den Luggi weiterhin unseren Anführer sein zu lassen, geschweige

denn, Befehle von ihm entgegenzunehmen. „I dua's scho nimmer, loßt's mi aus, i foig scho, i bin scho brav“, winselte er unentwegt voller Angst. Enttäuscht von unserem großen Vorbild, dem wir mehr Courage zugetraut hätten, zogen wir vom Stiegenhaus wieder ab, bevor der Nikolaus samt Krampus herauskam. „So ein Feigling“, war die einhellige Meinung, „der Sprüchmacher braucht uns in Zukunft nix mehr oschaffn!“

Ich ging dann auch nach Hause, denn bei mir war der Besuch des Nikolaus ebenfalls angesagt. Es dauerte auch nicht mehr lange, bis der Krampus mit voller Wucht seine Kette an unsere Wohnungstür schlug und ich mich vor Schreck gar nicht mehr zu rühren traute. Ich dachte nur noch, hoffentlich hat mich der Krampus beim Schneeballschmeißen nicht erkannt, sonst, mein Lieber, geht's dir schlecht. Und auf einmal verstand ich auch, warum der Luggi vorhin genau derselbe Feigling war wie ich jetzt.

Als mich der Krampus erwischte

Ich weiß nicht, ob es anderen Kindern auch so ergangen ist, richtig freuen auf das Christkind konnte ich mich erst, als der Nikolaus samt Krampus die Türe wieder von außen zumachte. Das ganze Drumherum in der Advents- und Weihnachtszeit, das Adventskranzbinden, Barbarazweige holen, die Engelämter, das Kripperlbauen, Geschenke besorgen, alles wäre so schön gewesen, wenn man nur den 6. Dezember im Kalender hätte streichen können.

An besagtem Tag, als es zu dämmern begann, schaute ich vom Fenster aus auf die Straße und entdeckte dabei eine ganze Schar Buben aus meinem Wohnviertel. Sie warteten auf den Nikolaus und den Krampus, die gerade den Kindern in einem Nachbarhaus die Leviten lasen. Beim Herauskommen wollten sie beide, hauptsächlich den schwarzen Gesellen des Nikolaus, mit vorbereiteten Schneebällen bombardieren. Natürlich hielt mich nichts mehr in der warmen Stube, denn ich wollte da unbedingt dabei sein. Obwohl mir meine Eltern das sogenannte Nikolaustratzen streng verboten hatten, lief ich zu den anderen Buben auf die Straße hinunter. So zogen wir, eine ganze Schar großer und kleinerer Lausbuben, schneeballwerfend durch unseren Ort immer hinter dem Nikolaus her. Ich war eigentlich nur ein Mitläufer, aber wie heißt es so schön? „Mitgefangen, mitgehangen." Plötzlich, in einem unbemerkten Augenblick, lief der Krampus auf uns Buben zu. Ich war beim Anblick dieser teuflischen Gestalt wie gelähmt und lief nicht wie die anderen Kinder schnell genug weg. So hatte mich der Krampus bald am Kragen, warf mich auf den Gehsteig und schlug mit seiner eisernen Kette auf mich ein. Seine ganze aufgestaute Wut ließ er an mir aus. Auf einmal war er wieder verschwunden. Das ganze kam mir vor wie ein Spuk, als wäre ein Geist über mich hergefallen. Aber bald spürte ich an unzähligen Körperstellen, daß dies kein Geist gewesen sein konnte. Kleinlaut schleppte ich mich nach Hause.

Als meine Mutter mich sah, erschrak sie, denn ich war übersät von Hautabschürfungen, Beulen und blauen Flecken. „Ja wia schaugst denn du aus", rief sie. „I bin bloß zsammgfoin", log

ich, obwohl mir wirklich alles wehtat. „I hob dir doch gsagt, daß d'nimmer aus'm Haus gehst“, sagte mein Vater, „wo doch jetz glei da Nikolaus zu uns kimmt.“ „O mei, des aa no,“ dachte ich, „aber recht vui schlimmer konn des aa nimmer werdn.“

Es dauerte auch nicht mehr lange, bis der Krampus mit seiner Kette so fest an die Wohnungstür schlug, daß wir Kinder ängstlich zusammenzuckten.

Mein Vater ging gleich an die Tür, um dem Krampus den Einlaß zu verwehren, nicht wegen mir, sondern damit meine kleineren Geschwister nicht zu sehr erschraken. Mir hätte er den Krampus sicher nicht vorenthalten, obwohl mein Herz bis zum Hals klopfte. „Wenn mi der no amoi dawischt, geht's ma schlecht“, dachte ich. So gesehen war ich recht froh, daß nur der Heilige Nikolaus eintreten durfte. Aber dann kamen meine ganzen Schandtaten vom vergangenen Jahr aufs Tablett und ich wunderte mich, wie man sich das alles so lange merken konnte. Anschließend wurde ich noch über die lateinischen Ministrantengebete ausgefragt, nach den berühmten Zungenbrechern „Quia tu es Dei, fortitudo mea“ oder „Suscipiat Dominus sacrificium“. Und als mich der Nikolaus verbessern wollte, bemerkte ich, daß er kein echter Bischof war, weil er selbst die Gebete nicht richtig beherrschte. Damals schon zweifelte ich an der Echtheit dieses Nikolaus. Meine jüngeren Schwestern sangen ihm noch „Jesukindlein, komm zu mir“ vor, damit er auch sehen konnte, wie brav sie sind. Aber ich hätte ihm ganz etwas anderes erzählen können.

Als er dann endlich ging, machte sich der Krampus draußen noch einmal mit seiner Kette bemerkbar. Mir fiel eine Zentnerlast von meinem Kinderherzen, als sie endlich weg waren. „Jetz hob i Gott sei Dank a Jahr lang wieder a Ruah vor dene zwoa“, dachte ich erleichtert.

Anschließend gab es als Belohnung – man kann es auch als Lohn der Angst bezeichnen – für jedes Kind säuberlich abgezählt auf einem Papierteller einen Apfel, drei Plätzchen vom Waschkorbgebäck, drei Walnüsse und als Krönung einen Lebkuchen mit einem aufgeklebten bunten Nikolaus, den ich jedes Jahr mit meiner Schwester gegen zwei Nüsse tauschte, denn ich konnte ihn einfach nicht mehr sehen!

Der Nikolaustag

Im Schlierseer Friedhof steht nahe der Sixtuskirche eine alte gotische Kapelle, die dem Heiligen Nikolaus geweiht ist. Dort hielt früher unser Pfarrer immer am 6. Dezember den Frühgottesdienst sozusagen als Patrozinium ab.

Trotz der Kälte, die morgens um sieben Uhr herrschte, stieg es mir beim Ministrieren schon ganz heiß auf, als mir plötzlich einfiel, daß dieser Heilige am Abend noch zu mir kommen würde. Obwohl der Nikolaus auf dem gotischen Flügelaltar so gütig schaute, hatte ich jedes Jahr entsetzliche Angst vor seinem Besuch. Wahrscheinlich lag es daran, daß mich Tage zuvor schon nicht nur die Eltern an ihn erinnerten, sondern auch sämtliche Hausbewohner, wie z.B. der Schustergeselle vom Parterre, der zu mir sagte, „Gell, morgn, do geht's da dro, da Krampus werd dir deine Wadl scho vüre richtn!“ Auch die Nachbarn freuten sich, daß jetzt bald der Nikolaus kommt und sparten diesbezüglich nicht mit spöttischen Bemerkungen mir gegenüber. „Wenn nur dieser Tag schon überstanden wär“, dachte ich mir während der ganzen Frühmesse.

Nach der Schule und dem Mittagessen ging ich, um mich abzulenken, gleich zum Schlittenfahren. Als aber dann die Dämmerung über die Berge herein zog, mußte ich wieder heim, widerwilligst, denn mit dem Hereinbrechen der Finsternis stieg auch die Angst wieder in mir auf. Zuhause machte ich mit meinen Geschwistern noch Spaßettl, wer mehr Angst hatte vorm Nikolaus, aber als es draußen immer dunkler wurde, wurden auch wir immer stiller. Mit eingezogenen Köpfen saßen wir um den Tisch und trauten uns fast nicht zu atmen. Wir horchten stumm in die Nacht und als wir den Hofhund unseres Nachbarn wild bellen hörten, da wußten wir, daß es nicht mehr lange dauern würde.

Plötzlich schlug die Kette des Krampus an unsere Haustür und der Nikolaus stand mit seinem teuflischen Knecht vor uns. Meine kleineren Geschwister klammerten sich an die Mutter und ich wollte mich unter der Eckbank verstecken. Doch mein Vater hielt mich am Hosenträger fest und sagte: „Do bleibst! Sonst bist aa oiwei so schneidig, wennsd' wos ostellst.“

Altersmäßig wurden uns dann aus dem goldenen Buch die Leviten gelesen, zuerst meinen beiden älteren Schwestern – bei denen war es noch relativ handsam – und dann mir. Über mich wußte der Nikolaus so viel, daß ich mir dachte: „Hört denn der gar nimmer auf, i hob doch no mehra Gschwista", und der Krampus schepperte laut zu jeder meiner Sünden mit seiner Kette und schlug mit seiner Rute nach mir.

Nach einer Extraermahnung wandte sich der Nikolaus endlich an meine kleineren Geschwister, die vor lauter Schreck schon geweint hatten und auch ihr auswendig gelerntes Liedchen nicht mehr herausbrachten. Doch der Nikolaus tröstete sie und gab ihnen ein Sackerl mit Süßigkeiten. Endlich verabschiedeten sich die beiden, wobei der Krampus mir nochmals drohte. Mir fiel ein Stein vom Herzen, als sie in den finsteren Hausgang verschwanden, wo sie mit meinem Vater noch eine Zeitlang verhandelten. Billig war dieses Strafgericht bei einer Schar Kinder sicher nicht.

Beim Weitergehen muß der Nikolaus aber dann den Kohleneimer übersehen haben, denn auf einmal krachte es im Hausgang furchtbar. Als ich aus lauter Neugier zur Tür rausschaute, sah ich den heiligen Nikolaus am Boden liegen. Es war kein besonders bischöflicher Anblick, den er uns bot. Seine Mitra, sein Stab und sein goldenes Buch lagen auf dem Boden. Sein Rauschebart war ganz verdreht und unter seinem roten Umhang sah eine recht ordinäre Lederbundhose und schafwollene Wadlstrümpfe hervor. „Seit wann hot denn a Bischof a Lederhosn o“, fragte ich mich und machte mir dann meinen Reim darauf. Mein Vater verscheuchte mich gleich, denn das hätte ich eigentlich alles gar nicht sehen dürfen. „Siehgst, hot's doch wos gnutzt, daß i heit den Kohlnkübl in weiser Voraussicht an Meter weiter nübergstellt hob wia sonst“, dachte ich mir.

Von diesem Tag an hatte ich die Furcht vor dem Nikolaus verloren, dafür aber den Glauben gewonnen, daß es auch auf Erden schon eine ausgleichende Gerechtigkeit gibt.

Beim Engelamt

Wenn ich so zurückdenke an den Jahresablauf meiner Ministrantentätigkeit, dann hat mich am nachhaltigsten das Engelamt beeindruckt und ist mir auch heute noch, besonders im Advent, in schöner und bleibender Erinnerung.

Schon am Vorabend von so einem Engelamt machte ich meiner Mutter deutlich, daß sie mich am Morgen ja rechtzeitg weckt, denn für einen Ministranten begann das Engelamt nicht erst um sechs Uhr, wie für einen gewöhnlichen Kirchenbesucher, sondern schon eine halbe Stunde früher. Nach dem Wecken das Gesicht mit kaltem Wasser abgefrischt, damit man richtig wach wird, die Zähne geputzt, frisiert und das Gewand angelegt – und schon war ich unterwegs. Meistens war ich der erste auf der verschneiten Straße und zog eine Schneespur auf dem Weg zur schon hell erleuchteten Schlierseer Pfarrkirche. Damit wir Buben uns nicht im Dunkeln fürchteten, hatte der Mesner schon alle Lichter in der Kirche angemacht. Gott sei Dank, denn um durch den stockfinsteren Friedhof zu gehen, mußte ich immer meinen ganzen Mut zusammennehmen, da ich mir einbildete, daß hinter jedem Grabstein ein Gespenst lauerte.

In der Sakristei angekommen, drückte mir der Mesner gleich eine Schneeschaufel in die Hand, um den Weg im Friedhof für die vielen Kirchenbesucher freizuschaufeln, die bereits aus allen Richtungen unterwegs waren. Nach getaner Arbeit schickte er mich ins Glockenkammerl, um die Viertelglocke zu läuten. Dabei wurde es mir wieder so richtig warm, denn um die schwere Glocke in Bewegung zu setzten, mußte ich mein ganzes Bubengewicht an das Seil hängen. Beim Ausläuten ließ ich mich dann wie ein Zirkusartist noch eine Zeitlang mitschwingen.

Auch das Anzünden der zahlreichen Kerzen am Hochaltar und bei der schmerzensreichen Muttergottes war Aufgabe der Ministranten. Es war gewiß nicht leicht, mit klammen Fingern den feinen Docht der Kerzen mit einem Wachslicht, das an einer langen Stange befestigt war, anzuzünden. Die Kirchengänger in den Bänken und der Mesner vor der Sakristei schauten zu, wie wir uns dabei anstellten. Manchmal gab es auch Gelächter, wenn wir eine Kerze partout nicht zum Brennen brachten.

Nach dem Zusammenläuten kam unser hochwürdiger Herr Pfarrer in die Sakristei und wir Buben sagten dann ehrerbietig „Gelobt sei Jesus Christus", worauf er gnädig antwortete „In Ewigkeit Amen". So war's damals der Brauch. Nach einem prüfenden Blick unseres geistlichen Hirten, ob alles seine Ordnung hatte bei uns Ministranten, draußen am Hochaltar und beim Kirchenchor, sagte er: „Guat, na fang ma o, in Gotts Nam."

So gingen wir dann von der Sakristei zum Hochaltar, und da setzte die Orgel ein und die Kerzen an den Altären rochen ganz feierlich. Auch die Leute in den Bänken zündeten ihre Wachsstöckl an. Und da war es schon ein bißchen wie Weihnachten in dieser frühen Morgenstunde im Advent.

Das veschwundene Glutpfandl

Was wäre ein Engelamt ohne den dazugehörigen Weihrauchduft? Die ganze Feierlichkeit wäre nicht mehr vorhanden. Früher wurde das Engelamt deshalb auch Rauchamt genannt. Wenn man schon zu den größeren Ministranten gehörte, war es eine Ehre und Auszeichnung, wenn einem das Weihrauchfass anvertraut wurde. Dazu mußte man sich aber auch um die Glut kümmern. Vor Beginn des Engelamtes wurde ein Ministrant mit dem eisernen Glutpfandl, das an einem langen Drahthaken befestigt war, zum Mesnerhäusl unterhalb der Kirche direkt am See geschickt, um die glühenden Holzkohlestücke aus dem Ofen des Mesners zu holen.

Einmal stapfte ich im blauen Ministrantengewand durch einen Meter tiefen Neuschnee zum Mesnerhäusl, klopfte an der alten Haustüre, und bald darauf wurde mir geöffnet. In der warmen Küche hantierte die Tochter des Mesners am Ofentürl und legte die glühende Holzkohle in mein mitgebrachtes Eisenpfandl. „Paß guat auf de Gluat auf", ermahnte sie mich beim Hinausgehen in den noch dunklen, schneeverwehten Wintermorgen. Damit mir die Glut auf dem Rückweg zur Sakristei nicht ausging, schwang ich das Eisenpfandl von Zeit zu Zeit rundum. Dabei kam mir das Pfandl samt der Glut aus und verschwand im Schnee. „Jetzt is ois aus", dachte ich mir, „koa Gluat, koa Engelamt, da Pfarrer wird mir d'Ohrn ausreißen!" Verzweifelt tauchte ich auf der Suche nach dem Eisenpfandl im frischen Pulverschnee in alle Richtungen, aber es war nicht mehr zu finden und die Glut war sicherlich weiß Gott wo verstreut und auch nicht mehr zu retten. Der Pfarrer in der Sakristei wunderte sich inzwischen, daß ich so lange nicht zurückkam, kannte er mich doch als einen zuverlässigen Ministranten, und bat den Mesner, nach mir zu schauen. Der Mesner war natürlich äußerst erstaunt, als er mich hinter dem Friedhof fand, über und über voll Schnee. Wie ein Gespenst muß ich ausgeschaut haben, denn er erkannte mich nicht gleich. „Ja Karli, wia schaugst denn du aus?" sagte er. „Und wo bleibst denn so lang? Da Pfarrer konn ja ned ofanga!" Und so erzählte ich ihm mit tränenerstickter Stimme, was mir passiert war. Daraufhin tat ich ihm doch leid, denn er sagte: „Des is ned so schlimm, des find ma scho wieder im Frühling, wenn's taut, nimmst hoit des Reservepfandl und hoist nomoi a Gluat. Aber schick di, da Pfarrer is scho ganz ungeduldig!"

Also machte ich mich nochmals auf den Weg zum Mesnerhäusl, aber diesmal paßte ich sorgsamst auf, daß alles gutging.

Anschließend beim Ministrieren fror es mich zwar furchtbar, denn in meinen Lederstiefeln war eine Menge Schnee gelandet und mein nasses Ministrantengewand war nach kurzer Zeit ganz steif, so daß es bei jeder Kniebeuge ein bißchen krachte. Aber als der Pfarrer am Schluß das „Rorate coeli" anstimmte und alle Leute in der Kirche in den uralten Adventsruf einstimmten, da hatte ich mein Mißgeschick mit dem Glutpfandl schon wieder vergessen.

Das Kripperl im Schnee

Es gab in meiner Bubenzeit und auch danach kaum ein Jahr, in dem ich mich nicht mit der Aufstellung einer Weihnachtskrippe befaßt hätte. Dazu brauchte man jedes Jahr frisches Moos für die Almwiesen, Kranewittstauden als Baumersatz, große und etwas kleinere schroffe Gesteinsarten für die Felswand. Außerdem bastelte ich immer aus Glas einen romantischen Bergsee, der den Betrachter in eine oberbayrische Landschaft versetzen sollte. Jedes Jahr erweiterte ich meine Krippe um eine Figur. Manchmal reichte mein sauer verdientes Geld zwar nur für ein Schaferl, doch als ich meinen ersten Lehrlingslohn bekam, erwarb ich davon auch schon die teuren Heiligen Drei Könige.

Einmal deckte der Schnee schon im November unsere weite Heimat zu. Auf einen Föhneinbruch, wie er sonst oft um diese Jahreszeit zu erhoffen ist, wartete ich vergebens, also kam ich in diesem Jahr zu keinem einzigen Fleckerl Moos. Nach langer Überlegung kam mir die Idee, das Weihnachtsgeschehen einmal in einer oberbayrischen Schneelandschaft entstehen zu lassen.

Gleich am nächsten Tag ging ich zum Kramer und kaufte eine große Tüte Gips, den ich daheim in einem Putzkübel mit Wasser anrührte. Anschließend holte ich im Speicher die Holzplatte, auf der sonst auch jedes Jahr das Kripperl stand, um die Schneelandschaft zu modellieren. Als ich aber mein Werk beginnen wollte, war der Gips schon hart geworden. Damals hatte ich noch keine Ahnung, wie man mit diesem Baustoff umgeht und so mußte ich noch ein paarmal zum Kramer laufen, damit ich mein Vorhaben vollenden konnte. Zum Abschluß übermalte ich noch die ganze Landschaft mit einer weißen Kalkfarbe, und die kleinen Bäume und Sträucher sowie das Dach des Stalles bestäubte ich mit dem Mehl, das vom Plätzchenbacken übrig geblieben war. Die Krönung meines Werkes jedoch war mein Lagerfeuer, welches mit Hilfe einer batteriebetriebenen kleinen Lampe und roten Glasscherben die weißen Flure Bethlehems besonders romantisch beleuchtete.

Als ich meine Figuren aufgestellt hatte, holte ich meine Mutter, um ihr voller Stolz zu zeigen, was ich heuer für ein schönes

Kripperl geschaffen hatte. Ich erhoffte natürlich von ihr ein anerkennendes Wort der Bewunderung für meine gelungene Arbeit. Wider Erwarten machte sie jedoch keine Anstalten, mich zu loben, sie sah auch gar nicht auf mein Kripperl, sie sah nur voll Entsetzen, was ich im Wohnzimmer angerichtet hatte: Der Tisch und die Stühle sowie das Kanapee waren weiß gepudert und auf dem Teppich sah es aus wie auf einer Baustelle.

Als meine Mutter sich vom ersten Schock erholt und mich gehörig ausgeschimpft hatte – was ich heute natürlich verstehen kann – und der schlimmste Schmutz entfernt war, warf sie doch noch einen wohlwollenden Blick auf mein kleines Wunderwerk. Gutmütig und verständnisvoll, wie sie war, lobte sie mich für meine phantasievolle Weihnachtskrippe und meinte nur, daß ich nächstes Jahr mein Kripperl doch wieder mit Moos auslegen sollte. Besonders gut gefiel ihr mein rotes Hirtenfeuer, das, wenn ich es einschaltete, unser kleines Wohnzimmer in ein zauberhaftes Licht tauchte. Und ich bildete mir ein, daß der Schein des Hirtenfeuers nicht nur die Hirten wärmte, sondern auch meine Mutter wieder vorweihnachtlich und milde stimmte.

Die Sonderzuwendung

Im Jahr 1948, als mit der Währungsreform das deutsche Wirtschaftswunder begann, erlebte ich die folgende Geschichte. Es war eine Woche vor dem Christfest, als ich von der Schule nach Hause kam und mir meine Mutter Bescheid gab, daß ich mit dem Zwei-Uhr-Zug nach Miesbach fahren sollte. Dort gäbe es – und zwar nur heute – am Bahnhof eine Sonderzuwendung Margarine für Eisenbahnerfamilien. Mit dem abgezählten Fahrgeld und einem großen Rucksack auf dem Buckel ging ich bald darauf zum Schlierseer Bahnhof. Mein Vater, der dort an der damals üblichen Sperre zum Gleisbereich Dienst hatte, belehrte mich noch eindringlich über die Wichtigkeit meines Auftrags und erklärte mir: „Wenn mir koa Fett ned hom, konn aa d'Mama koane Stolln und koane Platzerl für Weihnachten bacha." Jetzt wußte ich Bescheid und wollte das in mich gelegte Vertrauen meiner Eltern nicht enttäuschen.

Mit der Eisenbahn war man nur eine Viertelstunde von Schliersee nach Miesbach unterwegs. Ich ging auch gleich in das Bahnhofsgebäude, erklärte dem zuständigen Beamten, wer ich sei und daß ich eine Margarine für uns abholen wollte. „Warum kimmt dei Vata ned selber?", fragte mich der Eisenbahner. „Weil er aa Dienst hot", erwiderte ich. Nach einem Telefonat mit dem Schlierseer Bahnhof, ob auch alles seine Richtigkeit hatte, wurden sechs Stück Margarine (für jedes Kind eins) in meinem Rucksack verstaut. Ich bedankte mich und fragte noch, wann denn der nächste Zug nach Schliersee ginge. „Erst wieder in oanahoib Stund", erklärte mir der Beamte.

Das Warten in einem Bahnhof ist für einen Buben natürlich fürchterlich langweilig. Immer wieder ging ich am Bahnhofskiosk vorbei, wo allerhand Süßigkeiten ausgestellt waren, die ich ständig betrachtete. Und wie es halt so ist, wenn man immer etwas anschaut, bekam ich einen solchen Heißhunger auf die Süßwaren, daß ich mich nicht mehr beherrschen konnte und mir von dem Geld, das eigentlich für die Rückfahrkarte bestimmt war, ein Päckchen knallrote Himbeerbonbons kaufte. „Dann geh i hoit z'Fuaß hoam", dachte ich mir, „i konn mi ja ned valaafn, wenn i immer am Bahngleis entlang geh."

Und so machte ich mich auf den Weg mit meiner wertvollen Ware am Rücken. Solange es ging, wanderte ich am Bahndamm entlang und nebenbei lutschte ich meine Himbeerguatl. Nach einer gewissen Zeit ging das Straßerl vom Bahngleis ab und bald darauf kannte ich mich schon nicht mehr aus. Ich suchte das Bahngleis und fand es Gott sei Dank recht schnell wieder, da nämlich gerade der Zug vorbeifuhr, in dem ich eigentlich hätte sitzen sollen. Neben dem Bahndamm tappte ich weiter so gut es ging.

Langsam wurde es finster und fing an zu schneien. Wie still war es da auf einmal und wie verlassen kam ich mir vor! Immer kälter und unwegsamer wurde es und der Schnee fiel von den gefrorenen Strümpfen in meine Schuhe. Langsam schlich sich auch Angst ein, Angst vor der Dunkelheit, vor dem Wald, Angst vor den Druden und Hexen. Jeder Strauch am Wegesrand sah aus wie eine gespenstische Figur. All die Geistergeschichten, die mir meine Mutter erzählt hatte, wurden lebendig. Der Schweiß stand mir auf der Stirn, immer schneller rannte ich und bildete mir ein, daß mir einer der Geister nachläuft und mich gleich von hinten packt.

Wie froh war ich, als ich endlich wieder in die Nähe von beleuchteten Häusern kam. „Des muaß jetz Hausham sei“, dachte ich mir. Gott sei Dank, jetzt kannte ich mich wieder aus. Im Wartesaal vom Haushamer Bahnhof wärmte ich mich ein bißchen auf und rastete ein wenig. Nicht mehr am Bahngleis, sondern auf der

Straße ging ich dann weiter und freute mich, als ich oben auf dem Kirchbichl war und unter mir die Lichter von Schliersee blitzen sah. Damals glaubte ich, Wunder wie weit weg von zu Hause zu sein, als ich das erste Mal allein in der Kreisstadt war. Daheim hab ich dann voller Stolz meinen Rucksack ausgeleert und die halbgefrorene Margarine auf den Tisch gezählt. Dabei bin ich mir schon selbst fast wie ein Familienvater vorgekommen, der für seine Leute etwas nach Hause bringt. „Gott sei Dank, daß d'wieder do bist“, sagte meine Mutter, „i hob mir scho solche Sorgn gmacht, wiast ned mit'm Zug hoamkemma bist.“ „Woaßt, Mama, i hob's Geld valorn“, log ich ihr vor. „Deszweng hob i z'Fuaß geh miaßn.“ Sicherlich merkte sie aber an meinem rot verschmierten Mund, wo das Geld hingekommen war. Ich tat ihr aber trotzdem leid und so zog sie mir meine nassen Kleider aus und brachte mir ein angewärmtes Nachthemd. Nach dem Abendbrot kam dann schon das Nudelbrett auf den Tisch und darauf Mehl, Zucker, Rosinen, Nüsse, Orangeat und Zitronat. Alles wurde mit meiner mühsam erworbenen Margarine verknetet und dann wurden die Christstollen hergerichtet. So gemütlich und heimelig war es da zu Hause. Und als die ersten Stollen im Backofen waren, zündeten wir die Kerzen am Adventskranz an und sangen gemeinsam Advents- und Hirtenlieder. Anschließend begann meine Mutter, von Druden und Hexen und vom „Bluatigen Damerl“ zu erzählen, aber ich konnte es nicht mehr hören. Drum ging ich lieber vorzeitig in mein Bett, denn mir reichte es für heute.

Das Krippenspiel

In meinem Heimatort gab es früher von der Pfarrei aus den Brauch, immer an Weihnachten in unserem schönen Theatersaal ein Krippen- oder Weihnachtsspiel aufzuführen. Einmal bekam ich eine größere Rolle zugeteilt in dem Stück „Der bayrische Herodes“, nachdem ich im vergangenen Jahr schon einen Hirten spielen durfte, der aber nur einen Satz zu sagen hatte.

Der bayerische Herodes war sozusagen der reiche Bräu, bei dem die Heiligen Drei Könige zu Gast waren und nach dem Neugeborenen fragten, denn der Stern hätte ihnen den Weg gewiesen. Während die echten drei Könige in der Wirtsstube sitzen, kommen aber falsche drei Könige, und von denen durfte ich einen spielen.

Nachdem wir vor der Wirtsstube ein Lied gesungen hatten, mußte ich, als ich voller Schreck die echten Könige sitzen sah, sagen: „Ja do varegg, do hockan ja de echten!“. Der nächste sagte: „Ja mi host ghaut“ und der dritte „Do schleich ma uns glei wieder mit unserm Stern.“

So oder so ähnlich spielte sich unser Auftritt ab. Zwar war das keine bedeutende Rolle, aber immerhin ein Fortschritt auf der Karriereleiter eines Schlierseer Hirtenbuben. Wenn nur nicht einer der falschen Könige, nämlich der Anderl, ein paar Tage vor der Aufführung starke Halsschmerzen bekommen hätte, so daß er keinen Ton mehr herausbrachte. Als wir zur Hauptprobe nur zu zweit daherkamen, sagte der Regisseur: „Wenns ned fähig seids, daß zu dritt spuits, na streich ma hoit de ganze Szene.“
Nach dieser Drohung waren wir natürlich sehr traurig. Wochenlang hatten wir geprobt und uns schon so auf die Aufführung gefreut, und jetzt war alles aus und vorbei. Nach der Probe besuchte ich meinen kranken Freund zu Hause und erzählte ihm, was der Spielleiter gesagt hatte, nämlich unseren Teil einfach auszulassen, wenn er bis zum Spieltermin nicht gesund wäre.

Dem Anderl seine Mutter bekam das natürlich auch mit, und wir haben ihr deswegen schon arg leid getan. Ich fragte sie, ob sie nicht doch einen Doktor holen könnte, vielleicht bekäme er den Anderl bis zur Aufführung wieder soweit hin, daß er spielen konnte. „Ja“, meinte sie, „da Viechdoktor is eh grod im Stoi drauß, weil a Kaiwe krank is, i sog's eahm, daß er nacha an Anderl oschaugt.“

„Des ko wos wern“, dachte ich mir. Nach einiger Zeit kam dann der Viehdoktor vom Stall an das Krankenbett meines Freundes. Er hörte ihn mit einem Holzrohr ab, schaute ihm noch in den Mund und schüttelte daraufhin den Kopf. Nach langer Überlegung sagte er zu Anderls Mutter, daß der Patient unbedingt im Bett bleiben müßte. Dazu verschrieb er ihm noch ein Pulver, welches er dreimal am Tag einnehmen sollte.

Ganz mutlos ging ich nach Hause und bildete mir ein, daß es jetzt endgültig vorbei war mit meiner Schauspielerei. Den Anderl und das Theaterspielen konnte ich vergessen. Am nächsten Tag nach der Schule besuchte ich den Anderl wieder und da gefiel er mir schon etwas besser. Von da ab ging es jeden Tag aufwärts mit ihm. Am Tag der Aufführung konnte er schon ein bisserl reden und auch einigermaßen singen, so daß unserem Auftritt nichts mehr im Wege stand. Wir machten unsere Sache wirklich gut. Sogar einen Sonderapplaus bekamen wir drei falschen Könige vom Publikum und am anderen Tag stand in der Zeitung, daß wir ein hoffnungsvoller Theaternachwuchs wären.

Der gestohlene Christbaum

Als wir einmal eine Woche vor Weihnachten am Abend um den Adventskranz saßen, sagte mein Vater bedeutungsvoll: „Heutzutog ko ma se ja kaam mehr an Christbaam leisten, so teuer sans' worn. Frühra hot's des ned gebn, daß ma für an Christbaam an Haufn Geld ausgibt. Des Jahr hom ma hoit amoi koan Baam auf Weihnachten, außerdem mia kriagn anderweitig oan zuawa." Dabei sah er mich an – vorwurfsvoll, so, als würde er meinen: „Host denn gar koa Schneid, Bua!"

Lange konnte ich an diesem Abend nicht einschlafen, so ging mir das alles durch den Kopf. Keinen Christbaum dieses Jahr, das darf doch nicht sein! Unruhig wälzte ich mich im Bett hin und her und es wurde mir ganz heiß, als ich mich zu dem Entschluß durchrang, morgen selbst in den Wald zu gehen und einen Christbaum zu besorgen. Einen genauen Plan, wie ich es anstellen würde, machte ich mir auch gleich zurecht. Am Nachmittag wollte ich so tun, als ginge ich zum Schlittenfahren, weit in den Wald hinein über den Holzziehweg. Dort wollte ich einen geeigneten Baum abschneiden und beim Dunkelwerden mit dem Schlitten nach Hause bringen. Für den Fall, daß mich doch irgendwer sehen würde, dachte ich mir ein paar Ausreden aus.

Am nächsten Tag war ich die ganze Zeit aufgeregt. Nach der Schule schaute ich immer wieder auf die Uhr, ob es nicht bald so weit wäre, um in den Bergwald zu gehen. Um drei Uhr wurde mir die Warterei dann zu dumm. Das Wetter paßte auch. „A leichts Schneetreibn, des is grod recht für mei Vorhaben“, dachte ich mir, als ich aus der Haustüre trat mit meinem Schlitten als Tarnung und Fluchtgerät zugleich und mit einer kleinen Säge, die ich unter meinem Anorak versteckt hatte. Eine gute halbe Stunde brauchte ich zum Bergwald. In einer Lichtung fiel mir auch sofort ein Bäumchen auf, das vielleicht geeignet wäre. Und so überlegte ich auch nicht lange, schaute noch rundherum, ob niemand in der Nähe wäre, zog die Säge hervor, befreite das Bäumchen vom Schnee und machte mich an die Arbeit. Schnell war das Bäumchen abgeschnitten. Das Problem war aber jetzt, daß es noch viel zu hell war zum Nachhausefahren. Den Baum steckte

ich wieder in den Schnee, damit keiner merkte, daß er schon abgesägt war, sollte etwa gerade ein Jäger oder Holzknecht vorbeikommen. Und dann setzte ich mich auf meinen Schlitten und wartete, daß es endlich dunkel würde. Auf dem Schlitten wurde es mir nach einiger Zeit doch recht kalt und so still kam es mir auf einmal vor. Kein Laut war zu hören außer dem ängstlichen Pochen meines Herzens. Verlassen fühlte ich mich so ganz allein draußen im Wald, und die Schneeflocken deckten mit der Zeit mein abgeschnittenes Bäumchen, meinen Schlitten und auch mich zu.

Eigentlich wollte ich warten, bis es richtig finster wäre, damit mich niemand sehen konnte mit meiner Beute, aber die Angst trieb mich dann doch eher heim, als ich dachte. Ich holte das Bäumchen aus dem Schnee, nahm es unter den Arm, setzte mich auf den Schlitten und schon ging es dahin. Der Schlitten war bergab recht schnell und so befand ich mich nach einer rasanten Fahrt schon bald wieder im Dorf. Dort aber stellte sich mir auf der schmalen Schlittenbahn, wo ich nicht aus konnte, der Waldbesitzer, ein hiesiger Bauer, in den Weg mit den Worten „ja du Hundsbua, du miserabliger, hob i di amoi dawischt beim Christbaamstehln“. „Den hob i ned gstohln, der war scho abgschnitten, na hob i'n hoit mitgnomma“, entgegnete ich. „Und zu wos host na des Sagl braucht, des unter deim Anorak rausschaugt?“ „Ja, des is a so: Da Vata hot gmoant, ob i ned a kloans Baamerl bsorgn kannt fürs Grab.“ „Von wegen a kloans Baamerl“, meinte der

Bauer, „der is ja mindestens an Meter fuchzge!“ „Wos, so groß is der, des hätt i ned glaabt!“ „Ja is denn bei eich wer gstorbn“, fragte mich der Bauer, „wenns ihr den Baam fürs Grab brauchts. „Ja, d'Großmuatta“, schwindelte ich in meiner Not. Der Bauer wurde dann ein bißchen handsamer und meinte: „Des muaß i glatt übersehng hom in da Zeitung. Oiso fahr zua und schaug, daß d'hoamkimmst. Aber loß di ja nimmer beim Christbaamstehln dawischen!“ Mein Gott, war ich froh, daß ich da so glimpflich davongekommen war.

Zuhause stellte ich zuerst meine Errungenschaft zum Abtauen in die Waschküche und hängte die Säge wieder an ihren Platz in der Holzlege. Dann ging ich zu meinem Vater, um ihm voller Stolz zu sagen, er solle doch einmal mitgehen in die Waschküche, ich hätte da eine Überraschung. Gleich ging er mit und war sichtlich erstaunt, als er den Christbaum sah. Er war zwar lange nicht mehr so schön wie draußen im Wald, doch der Vater meinte nach fachmännischer Betrachtung: „Den bring ma scho hi, daß er wos gleichsieht. Wenn ma de untern Astl sorgfältig obschneidn und weida obn, wos eigentlich highörn, wieder eisetzen, dann hom mir an scheena Baam. Wo host denn den überhaupts her, hoffentlich ned gstohln?“ „Naa naa, den hob i beim Schlittenfahrn gfundn, der is obgschnittn direkt neba da Rodelbahn glegn“, beeilte ich mich zu sagen. Denn ich wollte meinen Vater auf keinen Fall in einen Gewissenskonflikt bringen. Die nächsten Tage hatte ich eine fürchterliche Angst davor, daß der Bauer, den ich so angelogen hatte, zufällig meine doch noch recht lebendige Großmutter treffen könnte und dann der ganze Schwindel aufkommen würde. Gott sei Dank war das aber nicht der Fall.

Nach einer gewissen Zeit dachte ich selber nicht mehr daran, denn das Weihnachtsfest rückte immer näher. Am Heiligen Abend bei der Bescherung war mein selbstgeholtes Bäumchen im festlichen Kerzenschein mit Sternwerfern, Kugeln und Lametta der Mittelpunkt in unserer guten Stube. Ich achtete gar nicht mehr auf meine Geschenke, so stolz war ich auf „meinen" Christbaum. Sogar meine Großmutter, die vom bequemen Polsterstuhl aus den Baum betrachtete, meinte, daß er heuer besonders schön wäre. „Guat, daß d'ned woaßt, für wos du herhoitn host miassn", dachte ich für mich und nahm mir fest vor, gleich nach den Feiertagen zum Beichten zu gehen und nie mehr solche krummen Sachen zu machen. Das Christkind selbst hat mir diese Verfehlung jedenfalls nicht aufgerechnet, da nämlich auch in diesem Jahr etliche Geschenke für mich unter dem Christbaum lagen.

Das Engelshaar

Wenn ich in meiner Kindheit unseren Christbaum mit denen meiner Freunde verglich, dann fiel mir damals schon auf, daß unser Baum der spärlichste von allen war. Die silbernen Kugeln, Vögerl und Glöckchen wurden jedes Jahr weniger und das dazugehörige Lametta, das unsere Mutter vor dem Heiligen Abend noch aufbügelte, mußte man direkt suchen. Und als die Sternwerfer und Kerzen nach der Bescherung verglommen waren, stand er schon recht armselig da, unser Christbaum. Deswegen ging ich an den Weihnachtsfeiertagen meist lieber zu meinen Spielkameraden, denn ihre Christbäume waren wesentlich üppiger ausgestattet: bunte Kugeln in allen Größen, Strohsterne in verschiedenen Ausführungen, dazu Lametta in

Hülle und Fülle. Auch schienen es mir doppelt so viele Kerzen wie an unserem Baum.

Bei meinem Freund Adi waren sogar goldene Fäden um die Tannenzweige gelegt, was mir besonders gut gefiel. Ich fragte daher Adis Mama, was das denn sei. „Des is a Engelshaar“, erklärte sie mir, „vo blonde Engerl, dene d'Haar z'lang worn san.“ „So wos“, dachte ich mir, „des waar's, do daat unser Christbaam aa amoi wos gleichsehng.“

Nach den Weihnachtsfeiertagen ging ich wieder einmal zum Adi, der aber nicht daheim war. Daher mußte ich notgedrungen mit seiner Schwester spielen, die ein paar Jahre jünger war. So kam ich gut mit ihr aus, denn sie tat immer alles, was ich ihr anschaffte. Noch dazu schaute sie recht nett aus mit ihrem strohblonden Haar, das in zwei Zöpfen endete. Ihre Mutter ging dann zum Einkaufen und ermahnte uns noch, schön zu spielen und nichts anzustellen.

Als sie mit ihrer Einkaufstasche endlich verschwunden war, schlug ich vor, Frisör zu spielen. Adis Schwester war gleich dabei und half mir, nach einem Spiegel, einem Kamm und einer Schere – lauter Dinge die man braucht, wenn man ein richtiger Frisör sein will – zu suchen. Als wir alles zusammen hatten, setzte ich meine Spielgefährtin auf einen Stuhl, legte ihr ein Handtuch um die

Schultern und bat sie, sich jetzt ganz ruhig zu verhalten. Dann nahm ich die Küchenschere und schnitt ihr kurzerhand den linken blonden Zopf direkt beim Haaransatz ab. Als ich sie dann in den Spiegel schauen ließ, erschrak sie natürlich und fing zu weinen an. „Wia schaug i denn aus, jetz hob i bloß no oan Zopf, wenn des d'Mama siehgt!" „Ja, do host scho recht", erwiderte ich, „des schaugt bläd aus. Do miaß ma den andern aa no wegschneidn, dann foit's nimmer auf." Und eh sie sich's versah, schnitt ich den rechten Zopf auch noch ab.

Als sie den Verlust im Spiegel bemerkte, weinte sie natürlich erst recht. „Dene Weiberleut konnst scho gar nix recht macha", dachte ich mir, und wegen des ewigen Geplärrs machte mir das Frisörspielen keine besondere Freude mehr. „I muaß jetz hoamgeh", sagte ich, steckte die beiden Zöpfe samt den roten Zopfspangerl in meine Hosensäcke und veschwand. Beim Nachhausegehen malte ich mir schon aus, wie schön in Zukunft unser Christbaum aussehen würde mit dem Engelshaar von Adis Schwester.

Daheim versteckte ich meine Beute unter der Wäsche in meinem Kleiderschrank „bis zum kommenden Weihnachtsfest", dachte ich. Aber es kommt immer alles anders, als man es sich vorstellt, denn es dauerte nicht lange, als das verstümmelte Mädchen samt ihrem Vater in unserer Wohnungstür stand. Er machte ein fürchterliches Donnerwettter, nannte mich einen Verbrecher, der, wenn er so weitermachte, einmal im Zuchthaus landen würde. Meinem Vater war dieser Auftritt sehr peinlich, denn die beiden Männer waren Arbeitskollegen. Unter den Beschimpfungen der Erwachsenen mußte ich die beiden herrlichen Zöpfe wieder herausgeben. Als das Mädchen ihre blonden Zöpfe in Empfang nahm, fing sie erneut herzerweichend zum Flennen an. Allen tat sie leid und jeder versuchte sie zu trösten.

Die nächsten Tage hatte ich nichts zu lachen, und erzählen, was ich mit den Zöpfen eigentlich bezwecken wollte, dazu bin ich nie gekommen. Zu meinem Freund Adi durfte ich auch nicht mehr gehen, und sogar der Nikolaus hielt mir diese Schandtat genau ein Jahr später noch vor.

Gott sei Dank sind nach etlichen Monaten die Haare der Geschädigten wieder nachgewachsen, so daß ich wieder zu meinem Freund und seiner kleinen Schwester durfte. Bloß Frisör spielen wollte sie nie mehr mit mir.

Letzte Vorbereitungen

Daß es jetzt nicht mehr lange dauert, bis das Christkindl kommt, spürten wir Kinder zu Hause am ehesten, als wir am Vorabend vom Christfest noch alle in die Badewanne gesteckt wurden, die zu diesem Zweck in der Küche stand, und anschließend das frischgestärkte, weiße Nachthemd anziehen durften, welches dann auch für die Feiertage gedacht war. Gottseidank war ich zu dieser Zeit noch der einzige Bub in der Familie und durfte deshalb meistens als erster in das frische und noch saubere Badewasser steigen. Als ich fertig gerichtet war, wurde ich solange ins Wohnzimmer geschickt, bis bei den restlichen Familienmitgliedern die erforderliche Reinigung durchgeführt war.

Während ich wartete, war mir recht langweilig, und ich suchte nach irgendeiner Beschäftigung. Neben der Wohnzimmertür standen meine dreckigen Schuhe, die ich für die kommenden Festtage gleich blank putzen wollte. Auch meine Schwestern, die nach und nach frisch gebadet aus der Küche zu mir ins Wohnzimmer kamen, hielt ich an, ihre Schuhe zu säubern. In unserem Eifer suchten wir, während unsere Eltern noch badeten, sämtliche Schuhe im ganzen Haushalt zusammen, um sie mit schwarzer Schuhcreme und Bürste für das Weihnachtsfest zu polieren.

Es läßt sich denken, daß es bei dieser Aktion nicht besonders reinlich zuging. Jedenfalls mußten meine Schwestern und ich fürchterlich ausgesehen haben, denn als meine Mutter aus der Küche kam, ließ sie gleich einen Schrei los, so erschrak sie vor uns. Nicht nur die Schuhe waren mit schwarzer Schuhcreme beschmiert, sondern auch wir; wir sahen aus wie die Kaminkehrer, und zu allem Übel war noch ein Teil des frisch gescheuerten Fußbodens schwarz gesprenkelt. Unser Vater war ebenfalls entsetzt, als er die Bescherung sah, aber dann mußte er Gottseidank lachen. Doch unsere sonst so gutmütige Mutter schimpfte uns aus, besonders mich, als sich herausstellte, daß ich der Anstifter war.

Nachdem sie uns die Leviten gelesen hatte, wurden wir nochmal ins Badewasser gesteckt und bekamen ein zweites Mal ein frisches Nachthemd. Dabei eröffnete uns die Mutter, daß wir dieses

Jahr nichts, aber auch gar nichts vom Christkindl bekämen, so ärgerte sie sich über die doppelte Arbeit. Ins Bett wurden wir auch gleich geschickt, damit wir nicht noch etwas anstellen konnten.

Ich jedoch verstand überhaupt nicht, daß man, wenn man extra alle Schuhe fürs Weihnachtsfest putzt, dafür vom Christkindl als Strafe keine Geschenke bekommt. Schlecht schlief ich in dieser Nacht vor dem Heiligen Abend und Alpträume plagten mich, in denen das Christkind und seine Engerl alle mit hellen Kleidchen, die mit schwarzer Schuhcreme verschmiert waren, an unserem Haus vorbeiflogen.

Den ganzen Tag ging mir dieser Traum nicht aus dem Kopf und ich befürchtete für die Bescherung am Abend das allerschlimmste. Meine Mutter war mir gegenüber recht kurz angebunden, obwohl ich an diesem Tag besonders brav war und alles recht machen wollte.

Aber die Wirklichkeit sah dann doch ganz anders aus als befürchtet. Der Christbaum verbreitete bei der Bescherung wie eh und je seinen Glanz und darunter lagen auch für meine Schwestern und mich Geschenke, ein Packerl Buntstifte, dazu ein Zeichenblock und als Überraschung ein nagelneues Nachthemd. „'s Christkindl wird de Gschicht mit da Schuahcreme doch ned ois so schlimm empfunden ham wia d'Mama“, dachte ich mir.

Als mir meine Mutter die Geschenke in die Hand drückte, merkte ich gleich, daß sie nicht mehr böse war. Denn sie hatte das gewisse Lächeln im Gesicht, das man fast bei allen Müttern am Heiligen Abend beobachten kann, wenn sie ihre Sprösslinge betrachten. Dieses verzeihende, verständnisvolle und gütige Lächeln der Mutter machte mich damals sehr froh, denn es ist immer noch das schönste Weihnachtsgeschenk, das man bekommen kann.

Der Radischneider

In den Tagen vor dem Heiligen Abend, die immer ruhiger und auch geheimnisvoller wurden, gehorchte ich meinen Eltern aufs Wort und wollte ihnen alles recht machen. Außerdem überlegte ich hin und her, was ich meiner Mutter noch zusätzlich zum Fest kaufen könnte. Mit dem Schamerl, das ich ihr geschreinert hatte, war ich gar nicht zufrieden, denn es wackelte immer noch. Wahrscheinlich stimmte die Statik nicht. Auch die Nägel, die ich haufenweise hineingeschlagen hatte, sorgten nicht für Stabilität. Damit man die vielen Nägel nicht gleich sah und ich auch noch andere Unebenheiten vertuschen wollte, bemalte ich das Schamerl mit grüner Farbe, die ich im Schupfen gefunden hatte.

Jetzt fragte ich mich, was der Mama im Haushalt noch abginge. Da fiel mir ein, daß sie noch keinen Radischneider hatte, denn den mußte ich immer beim Nachbarn ausleihen, wenn mein Vater im Sommer vom Garten einen Radi mitbrachte. „Des is jetz a guade Idee“, dachte ich, „daß i do ned eher drauf kemma bin. Do werd si d'Mama aber gfrein.“ Auf den Gedanken kam ich als Bub nicht, daß ich meiner Mutter einmal etwas Persönliches schenken könnte, etwas das ganz alleine ihr gehört. Aber ich kannte es auch nicht anders, als daß man auf Weihnachten etwas schenkt, das der Beschenkte auch wirklich brauchen kann, auch wenn es erst im Sommer ist. Jedenfalls lachte die Verkäuferin im Haushaltswarengeschäft recht spöttisch, als ich sie bat, den Radischneider in ein Weihnachtspapier schön einzuwickeln, da es ein Geschenk sei. Ab da war ich mir nicht mehr so sicher, ob mein Geschenk eine große Freude auslösen würde.

Endlich kam er dann, der 24. Dezember. Am späten Nachmittag, als es schon dämmerte, hauchten wir Kinder die Eisblumen vom Fenster, um besser sehen zu können, ob der große Stern schon am Himmel stand. Denn mit dem großen Stern kam auch das Christkind, machte man uns weis. Obwohl ich schon einige Zeit nicht mehr daran glaubte, drückte ich meine Nase an die Fensterscheibe, so ganz sicher war ich mir wohl doch nicht. Und einmal das Christkindl selber zu sehen, das war schon immer mein Traum. Nebenan im Wohnzimmer waren schon geheimnisvolle

Geräusche zu hören, und wir Kinder paßten genau auf, daß wir das Klingeln nicht überhörten, das Signal, daß jetzt endlich das Christkind da war. Als dann die Türe aufging, staunte ich jedes Jahr wieder, was so ein Christbaum mit den brennenden Kerzen und den silbernen Kugeln für einen Glanz in unsere bescheidene Wohnstube zauberte. Als die beiden Strophen von Stille Nacht, Heilige Nacht endlich vielstimmig zu Ende gingen, durften wir unsere Geschenke auspacken. Es war halt meistens etwas, das man sowieso brauchte, entweder zum Anziehen oder etwas für die Schule.

Als ich mich für meine Geschenke artig bedankt hatte, holte ich aus meinem Kleiderkasten die Geschenke, die ich dort für meine Eltern versteckt hatte, ein Päckchen Tabak für meinen Vater, das grüne Schamerl und den festlich eingewickelten Radischneider für meine Mutter. Verlegen überreichte ich meine Geschenke in der Hoffnung, daß ich damit eine Ehr aufhebe. „Des Schamerl is für di, Mama, daßd' auf d'Nocht deine Füaß drauf stelln konnst“, sagte ich ganz aufgeregt, „aber richtig draufsteign deafst ned, weil's des ned aushoit. Und in dem Packerl is no wos drin für di, wosd' guat braucha konnst.“

Gespannt war ich, ob es ihr denn gefiele. Sicherlich war sie enttäuscht, aber sie hat sich ihre Enttäuschung wie so oft im Leben nicht anmerken lassen. Im Gegenteil, als mich mein Vater und meine Geschwister auslachten wegen des Radischneiders als Weihnachtsgeschenk und ich schon den Tränen nahe war, nahm sie mich in den Arm und tröstete mich: „Des Gschenk von dir gfreit mi am allermeisten.“ Jetzt war für mich erst richtig Weihnachten und die Kerzen und Kugeln am Christbaum verschmolzen in meinen nassen Augen zu einem einzigen großen Weihnachtsstern.

Das Geschenk für die Mutter

Als ich einmal als Bub mit meiner Mutter vom Engelamt heimging, blieben wir vor einem schon hell erleuchteten Schaufenster eines Geschirrladens stehen und schauten interessiert, was es so alles gab. Meine Mutter machte mich auf eine Blumenvase mit einer aufgemalten Rose und Goldrand aufmerksam, welche ihr besonders gut gefiel. Ich freute mich, da ich endlich wußte, was ich meiner Mutter zu Weihnachten schenken konnte. Ein paar Mal ging ich noch an dem Schaufenster vorbei, um diese Vase zu begutachten. Freilich, schön war sie schon, aber auch nicht gerade billig. 4,70 Mark hätte sie gekostet. Das war für die Verhältnisse eines zehnjährigen Lausbuben damals schon ein stolzer Preis.

Hin und her überlegte ich, wie ich diese Summe zusammenbringen könnte. Ein paar Mark hatte ich schon auf die Seite gelegt, denn ich wollte mir dieses Jahr für mein Kripperl unbedingt noch ein Schaferl zulegen und eine neue Batterie fürs elektrische Lagerfeuer und für den Vater ein Packerl Tabak als Geschenk kaufen. Ich nahm mir vor, recht oft zu ministrieren, denn für eine normale Messe gab es immer ein Zehnerl und ein Engelamt oder gar eine Beerdigung brachten sogar 20 Pfennige. Natürlich hoffte ich, daß sich diesbezüglich noch einiges bewegen würde bis Weihnachten, damit ich möglichst bald das nötige Geld für die Blumenvase hatte.

Immer wieder ging ich die nächsten Tage an besagtem Schaufenster vorbei und schaute, ob die Vase noch da war. Dabei malte ich mir aus, wie überrascht meine Mutter am Heiligen Abend wäre und daß sie sich unheimlich freuen würde und darüber all das, was sie sonst noch vom Vater und meinen Geschwistern bekäme, gar nicht mehr zur Kenntnis nähme und ich dann die kommenden Feiertage bei ihr gut dastehen würde, da ich ihren Herzenswunsch erfüllt hätte. Beim Nachbarn räumte ich in der nächsten Woche Schnee, der Großmutter schleppte ich täglich Holz und Kohlen hinauf in ihre Wohnung und jeden Tag ging ich schon um 6 Uhr früh ins Engelamt zum Ministrieren. Als ich endlich die Summe beinander hatte, ging ich ins Geschäft, zählte meine 4,70 Mark auf die Ladentheke und kaufte die Vase mit dem Goldrand. Zu

Hause versteckte ich die Blumenvase wohlweislich gut in meiner Kommode unter meinem Gewand. Nicht, daß es mir wieder so ginge wie das Jahr zuvor, als ich meiner Mutter einen Knödelseiher auf Weihnachten gekauft hatte und meine jüngere Schwester gleich meiner Mutter erzählte, daß sie von mir einen Schöpflöffel bekäme, der aber jetzt schon lauter Löcher hätte. Eine Freude hatte ich mit der Vase und am Abend vor dem Einschlafen träumte ich schon, wie schön der Heilige Abend würde. Dabei habe ich damals das erste Mal in meinem Leben gespürt, daß das Schenken oder jemandem eine Freude machen oft schöner sein kann, als selbst beschenkt zu werden. Ich konnte es kaum erwarten, was die Mutter für Augen machen würde.

Ich weiß gar nicht mehr, was ich damals vom Christkind bekommen hatte. Das war mir auch gar nicht so wichtig. Wirklich wichtig war mir nur die Vase, die ich überreichen wollte. Nachdem ich mich für meine Geschenke artig bedankt hatte, ging ich zu meiner Kommode, die ja sowieso im Wohnzimmer stand, und wollte die Vase holen. Aber so sehr ich auch suchte, ich fand sie einfach nicht mehr. Alles warf ich heraus, Hemden, Socken, Pullover, Unterwäsche, alles lag verstreut herum, aber die Vase blieb verschwunden. Ganz verzweifelt drehte ich noch einmal alles um. „Ja wos suachst denn do so lang?“, fragte meine Mutter. „De Vasen, de dir so guat gfoin hot“, antwortete ich, „aber jetz is' nimmer do.“ Darauf suchten alle noch mal mit, aber es half nichts, die schöne Vase blieb wie vom Erdboden verschluckt. Mein Vater schimpfte mich noch, daß ich so einen Saustall machte und ich sollte schnellstens wieder aufräumen. Nichts freute mich mehr an diesem Abend, nicht einmal die guten Weißwürste, die es eigentlich nur einmal im Jahr gab, schmeckten mir. Die sonst so fröhlichen Stunden am Heiligen Abend waren mir restlos verdorben. Meine Mutter wollte mich trösten, als sie meinen Zustand bemerkte und meinte, der Wille zähle ja fürs Werk und die Vase könne sich nicht in Luft auflösen, „de geht scho moi wieder her."

Am Stefanitag kam ein richtiger Wintereinbruch und ich wollte meinen dicken Winterpullover zum Schlittenfahren holen, der zusammengerollt – nicht zusammengelegt, wie es sich eigentlich gehörte – in meiner Kommode lag. Als ich den Pullover aufrollte, kam die Blumenvase zum Vorschein. Und da fiel es mir wieder ein, daß ich die Vase da drinnen so gut versteckt hatte, damit sie keiner finden würde, nicht einmal mehr ich selber. „Jetz hob is, Mama, i hobs' gfundn, de Vasen, do schau her!", rief ich. Meine Mutter freute sich auch am Stefanitag noch über mein Geschenk. Ich merkte es daran, weil sie gleich ein kleines Deckerl suchte und die Vase auf das Tischchen im Wohnzimmer stellte. Ein paar Belehrungen konnte sie sich jedoch nicht verkneifen. „Wennst ned oiwei so gschlampert waarst und dei Sach ordentlich aufraama daadst, na waar da des ois erspart bliebn." Ich dachte mir dann nur noch: Undank ist der Welt Lohn.

Die Spielzeugeisenbahn

Wahrscheinlich weil wir Kinder das vorige Jahr am Heiligen Abend vor der Bescherung immer durchs Schlüsselloch geschaut hatten, wurden wir im darauf folgenden Jahr fortgeschickt, während unsere Eltern fürs Christkindl herrichteten. „Geht's dawei a Stund spaziern“, sagte die Mutter, „und wenn's wieder hoamkemmts, na is 's Christkindl bestimmt scho do gwesn.“ Meine zwei kleineren Geschwister, eines mit drei Jahren und das jüngste, das noch im Stubenwagen lag, durften natürlich zu Hause bleiben. Wir größeren Kinder sind dann gezwungenermaßen durch den Schnee gestapft. Zuerst meint man ja, so eine Stunde geht schnell vorbei, aber man möchte es nicht glauben, wie die sich hinziehen kann, noch dazu, wenn man schon aus verschiedenen Fenstern den Christbaum leuchten sieht und aus allen Häusern das Lied von der stillen, heiligen Nacht erklingt.

Kein Mensch war mehr unterwegs, als wir immer den gleichen Kreis durch unseren Ort zogen, denn zu weit wollten wir nicht weggehen, weil wir Angst hatten, am Ende doch noch zu spät zu kommen. Nach einer dreiviertel Stunde, als es uns schon erbärmlich fror, meinte meine älteste Schwester, die uns beaufsichtigen mußte: „Jetz glaab i gemma aba hoam." Alle waren recht froh, als wir das hörten und wieder nach Hause gehen durften. Im Treppenhaus ließen uns unsere Eltern aber noch eine Viertelstunde warten, bevor wir dann endlich zur Bescherung eingelassen wurden.

Leider mußten wir zu allererst und obwohl wir so durchgefroren waren „Stille Nacht, Heilige Nacht" singen. Schon bei der ersten Strophe schrie das Jüngste, das auf dem Arm der Mutter saß, so sehr, daß wir bald wieder aufhörten. Ich glaube, keiner hatte etwas dagegen, daß wir nun zu unseren Geschenken gingen.

„Do schaug her", sagte mein Vater zu mir, „wos dir heuer 's Christkindl brocht hot!" Und mir kam vor, als hätte er sich genau so gefreut wie ich, daß mein langjähriger Wunsch nach einer Eisenbahn in Erfüllung gegangen war. Es war zwar keine Modelleisenbahn, wie ich es mir vorgestellt hatte, sondern eine aus

Blech zum Aufziehen. Ich konnte es kaum mehr erwarten, bis ich nach den obligatorischen Weißwürsten, die es fast jedes Jahr zu Weihnachten gab, meine neue Eisenbahn aufbauen durfte. Während meine Mutter das Geschirr spülte, steckte ich neben ihr in unserer Wohnküche bereits die Gleise aus Aluminium zusammen, setzte die Lokomotive und die Waggons darauf und ließ sie im Kreis fahren. Alle schauten zu, sogar meine Schwestern vernachlässigten ihre neuen Puppen, um auch dabei zu sein. Ich ließ auch jeden einmal mit meiner neuen Eisenbahn spielen, bis auf meinen dreijährigen Bruder, der mir schon so manches Spielzeug kaputt gemacht hatte.

Den ganzen Heiligen Abend ließ ich die Eisenbahn Runde um Runde durch unsere Wohnküche drehen, bis ich darauf aufmerksam gemacht wurde, daß es Zeit für die Christmette wäre. Ich ließ alles liegen und stehen, denn ich dachte mir, es kann ja nichts passieren. Meine Mutter ging mit den zwei kleineren Geschwistern ins Bett und wir anderen gingen mit unserem Vater in die Kirche.

Nach der Mette lief ich so schnell ich konnte wieder nach Hause, denn ich wollte noch einmal vor dem Bettgehen mit meinem Geschenk vom Christkindl spielen. Als ich aber die Küchentür öffnete, sah ich schon das Unglück, das über meine neue Eisenbahn hereingebrochen war. Ein Waggon hatte kein Dach mehr, bei einem anderen fehlten die Räder, die Gleise waren auseinander gerissen und verbogen. Ich war entsetzt. War doch mein kleiner Bruder, als wir in der Christmette waren und die Mutter schon fest schlief, noch einmal aufgestanden, um mit der Eisenbahn zu spielen. Als die Lokomotive nicht mehr fuhr, weil er vor lauter Aufziehen die Feder abgedreht hatte, ging er wieder in sein Bett und tat so, als schliefe er schon lange und hätte nie mit der Eisenbahn gespielt. Mein Vater sagte: „D'Feder is kaputt und nimmer zum braucha, und schuld bist selber, weilst oiwei so gschlampert bist und nix aufraamst." Die Gleise habe ich so gut es ging wieder zurechtgebogen und die Waggons repariert. Ich mußte halt dann mit der Hand meinen Zug an den Feiertagen über die Gleise ziehen. Mein Bruder war erst drei Jahre alt, also noch zu klein, als daß ich ihn zur Rechenschaft hätte ziehen können, und darum habe ich es ihm nach einer gewissen Zeit verziehen, aber vergessen kann ich es ihm bis heute nicht.

Das Bundhosenanzügerl

Auch im Winter trug ich damals in den Jahren nach dem Zweiten Weltkrieg keine lange, sondern nur eine kurze Hose. Diese einzige Hose war jahrelang im Sommer wie im Winter eine abgeschnittene Militärhose, die bis zu den Knien ging und noch dazu schrecklich kratzte. Gegen die Kälte gab es ausschließlich lange Strümpfe, die an Strapsen an einem Leiberl befestigt wurden. Darum war es mein sehnlichster Wunsch, wenigstens für die kalte Jahreszeit eine Ski- oder Bundhose, wie sie einige finanziell besser gestellte Buben bereits besaßen, mein eigen zu nennen, damit zumindest während des Schlittenfahrens beim Lenken und Bremsen der Schnee nicht mehr unter die Hose rutschen konnte.

Es war ein paar Wochen vor Weihnachten, als mich mein Vater mitnahm zu einem Freund, der eine Schneiderei besaß. Der Schneider maß mich von oben bis unten und von hinten bis vorne mit seinem Maßband genau ab. Als ich daraufhin die beiden fragte, was das zu bedeuten hätte, gaben sie mir zur Antwort, daß ein Bub, der genau so groß war wie ich, einen Anzug zu Weihnachten bekäme und natürlich nichts davon wissen sollte. Das leuchtete mir ein und ich fragte deshalb nicht weiter.

Am Heiligen Abend war ich dann schon sehr überrascht, als ich neben dem Christbaum ein braunes Bundhosenanzügerl, grün eingesäumt und mit Hirschhornknöpfen versehen, auf einem Kleiderbügel hängen sah. Ich konnte es erst gar nicht glauben, daß es mir gehören sollte. Aber sonst war ja zu dieser Zeit noch kein Bub da außer mir, und meinem Vater wäre er bestimmt zu klein gewesen. Eine unwahrscheinliche Freude kam in mir auf, als meine Eltern sagten, ich solle den Anzug gleich anprobieren, ob er auch paßt. Und wie er paßte! Fein sah ich aus. Dazu bekam ich noch ein Paar selbstgestrickte Kniestrümpfe, über die ich mich besonders freute, da ich ab jetzt keine Strapse und kein Leiberl mehr anziehen mußte. Alle Familienmitglieder bestaunten mich in meinem neuen Anzug. Ich durfte ihn sogar zum Ministrieren in die Christmette anbehalten, damit mich auch der Pfarrer in der Sakristei bewundern konnte, bevor er leider unter meinem Ministrantengewand verschwand.

In der Nacht konnte ich kaum schlafen, so freute ich mich auf den ersten Feiertag, wenn ich zum Kirchgang wieder meinen neuen Anzug anziehen konnte. Leider regnete es an diesem Tag auf den Schnee und es war ein richtiges Tratschwetter, als ich zur Kirche ging. Beim Nachhausegehen nach dem feierlichen Weihnachtshochamt scherzten und rangelten wir Buben noch, wie sonst halt auch. Leider hatte mir keiner gesagt, daß mein neuer Anzug nicht naß werden durfte, sonst hätte ich besser darauf geachtet, denn der Stoff – sofern es überhaupt einer war – löste sich buchstäblich auf, nachdem er mit dem Matsch in Berührung gekommen war. Die Knie der Bundhose waren bald durchgedrückt und die Hirschhornknöpfe fielen ohne mein Zutun von selber ab. Soweit ich mich erinnern kann, hatte ich diesen Anzug nur noch ein paar Mal an, denn er war so unansehnlich geworden, als hätten ihn meine Eltern beim Lumpensammler gekauft und nicht extra beim Schneider für mich anfertigen lassen. „Schad ums Geld“, ärgerten sich meine Eltern immer wieder, gaben mir aber keine Schuld. Selber war ich schon recht traurig, darum weiß ich es noch heute, daß sich einmal mein Weihnachtsgeschenk von selber aufgelöst hat.

Die Puppentaufe

Daß es am Tag vor dem Heiligen Abend in jedem Haushalt hektisch zugeht, ist eigentlich ganz normal. Meine Mutter lief immer mit hochrotem Kopf herum, brachte noch die Wohnung auf Hochglanz für das Weihnachtsfest, backte, kochte, putzte und werkelte. Gemütlich war es zuhause an diesem Tag gewiß nicht. Wir Kinder waren natürlich auch aufgeregt und räumten wieder allerhand her, so daß es nicht lange dauerte und die gleiche Unordnung herrschte wie vorher. Heute kann ich verstehen, daß ihr auf einmal alles zuviel wurde und sie sagte: „I renn no auf und davo!“ Noch dazu schrie das kleinste meiner Geschwister im Stubenwagen. Und da wurde es ihr wirklich zuviel. Sie zog ihren Mantel an und verließ wortlos das Haus.

Jetzt waren wir erschrocken und traurig, während der Vater das Jüngste notdürftig wickelte, damit es endlich Ruhe gibt. „So, jetz hobt's as", sagte er, „ hätt's besser gfoigt!" Uns ist die Zeit, als die Mutter fort war, wie eine Ewigkeit vorgekommen, obwohl sie nur zweimal um den Häuserblock gegangen ist, um sich abzureagieren. Wir hatten große Angst, daß sie wirklich nicht mehr heimkommen würde.

Endlich hörten wir die Wohnungstür, und als wir die Gewißheit hatten, daß unsere Mama zurückgekommen war, fiel uns ein Stein vom Herzen. Wir wagten es kaum mehr, uns zu rühren und folgten wie dressierte Hunde aufs Wort, so wirkte das Fortgehen der Mutter bei uns nach.

Auch am anderen Tag, am Heiligen Abend, hielt das Bravsein noch an. Ich leerte die Asche aus, holte Holz und Kohlen aus dem Schupfen, und nicht nur ich, sondern auch meine Geschwister waren auffallend hilfsbereit. Sehnsüchtig warteten wir auf den Abend und aufs Christkind. Endlich war es dann soweit, die Türe ging auf, der Christbaum mit den Sternwerfern strahlte und überall lagen Packerl. Aber wir durften sie noch nicht in Empfang nehmen, denn erst mußten wir „Stille Nacht" singen. Bei diesem Lied fingen meine älteren Schwestern schon zu weinen an, aber nicht vor Ergriffenheit – denn schön geklungen hat dieses Lied bei uns nie –, sondern weil sie wieder ihre alten Puppen in einem

neuen Gewand unterm Christbaum liegen sahen. Meine jüngere Schwester aber bekam vom Christkind ihre erste Puppe, eine nagelneue, mit blonden lockigen Haaren und beweglichen blauen Glasaugen. Ganz selig war sie und hocherfreut über dieses unerwartete Geschenk. Sie streichelte ihre neue Puppe und drückte sie an sich, als wäre sie ihr eigenes Kind.

Mit dem neuen Hemd und den handgestrickten Socken, die ich dieses Jahr vom Christkindl bekommen hatte, konnte ich natürlich nicht spielen, und darum war es mir nach dem Abendessen recht langweilig. So schlug ich daher meiner kleinen Schwester vor, daß sie von mir ihre neue Puppe taufen lassen sollte. Da ich schließlich Ministrant war, wußte ich genau, wie das liturgisch von statten geht. Aber sie sträubte sich, bis ich ihr erklärte, daß auch Puppen einen Namen bräuchten, da sie sonst wahrscheinlich einmal in der Hölle landen würden. Dieses Argument hat sie dann doch noch überzeugt und ich konnte nun meines Amtes walten. Im Kinderzimmer, wo wir ungestört waren, legte ich für die Feierlichkeit alles zurecht: einen Putzeimer voll Wasser – denn Wasser ist ja das Wichtigste bei einer Taufe – , das rotgebundene Kochbuch, das als Meßbuch diente, und den Milchflaschenreiniger, den ich als Weihwasserpinsel brauchte. Selbst hängte ich mir ein weißes Bettuch um, damit mir auch meine anderen Geschwister, die alle bei dieser Zeremonie zuschauten, den nötigen Respekt entgegenbrachten.

Nach ein paar heruntergeleierten lateinischen Ministrantengebeten taufte ich die Puppe, indem ich sie mit dem Kopf voraus in den Wassereimer tauchte. Meiner Schwester gefiel diese Prozedur aber gar nicht, als sie sah, daß ihre neue Puppe pitschnaß wurde. Deshalb wollte sie mir die im wahrsten Sinne des Wortes getaufte Puppe entreißen. Ich ließ aber nicht aus und so geschah es, daß ich auf einmal nur mehr einen Arm in der Hand hielt. Durch das Gezerre fiel die Puppe auch noch auf den Boden, so daß die schönen blauen Glasaugen im hohlen Kopf herumkollerten. Ihre glänzenden blonden Haare hatten sich außerdem wegen der Feuchtigkeit teilweise von der Kopfhaut gelöst. Meine kleine Schwester bekam gar keine Luft mehr, so regte sie sich auf und lief mit der ramponierten Puppe zu den Eltern, um ihnen zu zeigen, was ich mit dem vom Christkind so sehnlichst erwarteten Geschenk angerichtet hatte. Schluchzend erzählte sie ihnen, daß ich die Puppe getauft und sie dabei so zugerichtet hatte. Mein Vater war natürlich sehr empfänglich für die Nöte eines kleinen weinenden Mädchens, und als er dann die Puppe begutachtet hatte, sagte er zu mir: „Do host bloß a Glück, daß heit Heiliger Abend is, sonst fangast no a Watschn.“, und er schickte mich daraufhin umgehend in mein Bett. Auf meinen Einwand, daß ich doch noch in die Christmette zum Ministrieren müßte, meinte er, er wolle mich heute nicht mehr sehen, sonst würde ihm doch noch die Hand ausrutschen. Es blieb mir also nichts anderes übrig, als ins Bett zu gehen.

Als ich so da lag, dachte ich mir: „Do gfreit ma si so lang auf'n Heiligen Abend, und dann werd ma ins Bett gschickt wega nix und wieder nix.“ Meiner Mutter wenigstens tat ich doch ein bißchen leid, denn sie kam noch an mein Bett und brachte mir ein paar Plätzchen. Sie tröstete mich, als sie sagte: „Schau, i waar froh, wenn i ins Bett geh kannt, so miad bin i.“ Dann war es schon nicht mehr so schlimm für mich. Ich hörte noch die Glocken zur Christmette rufen, und über das Läuten schlief ich dann enttäuscht vom diesjährigen Weihnachtsfest ein. Nach den Feiertagen mußte ich die Puppe zu einem so genannten Puppendoktor bringen zur Reparatur. Ein paar Tage später holte ich sie ab und überreichte die wieder wie neu aussehende Puppe meiner kleinen Schwester. Sie freute sich so, als würde sie sie erneut vom Christkind bekommen. Aber als ich sie fragte, ob ich die Puppe am Abend nochmals taufen sollte, lief sie gleich davon und versteckte ihr Weihnachtsgeschenk angstvoll vor mir.

Die Rauhnacht

Meiner Mutter, die aus dem Bayerischen Wald stammte, wäre es nie in den Sinn gekommen, in der Zeit zwischen Weihnachten und Dreikönig die Wäsche zu waschen oder gar zum Trocknen aufzuhängen, „denn es würde für das kommende Jahr nur Unglück für Haus und Familie bedeuten“, erklärte sie uns Kindern.

Um diese zwölf Nächte rankt sich viel Brauchtum und Aberglaube. Allerhand Geister, Druden und Hexen gehen um in dieser Zeit, draußen hinter den undurchsichtigen Nebelwänden und Wäldern. Aufmerksam und etwas ängstlich lauschten wir den Erzählungen unserer Mutter am Abend und nur, wer sich schon einmal im

Dezember im Bayerischen Wald aufgehalten hat, wo es den ganzen Tag nie richtig hell wird und nachts der böhmische Wind ums Haus pfeift, kann sich in diese Geschichten hineinleben und sie verstehen.

Am meisten beeindruckte mich die Erzählung vom „wuiden Gjaid“ (oder der wilden Jagd), die meine Mutter uns Kindern dramatisch und als in ihrer Kindheit selbst erlebte Geschichte erzählte.

Schwarze Wolken legten sich über ihr Dorf, auf Haus und Hof. Ihr Vater wußte schon, was es zu bedeuten hatte, wenn sich in den Rauhnächten so ein Gewitter zusammenbraute. Er schaffte in aller Eile sämtliche losen Gerätschaften wie Schaufel, Rechen oder Schubkarren ins Haus, verschloß jedes Fenster, jede Dachluke und alle Türen sorgfältig, damit die bösen Geister nicht ins Haus konnten. In der Stube versammelte sich die ganze Familie und das Gesinde um den Tisch, auf dem die geweihte schwarze Wetterkerze brannte. Alle fingen dann laut zu beten an und in das monotone Beten hinein blitzte und donnerte es und ein fürchterlicher Sturm zog heulend ums Haus, daß es allen Angst und Bang wurde. Die Großmutter – äußerst erfahren im Umgang mit Geistern – ermahnte alle zur Ruhe, „denn jetz ziahgt des wuide Gjaid über's Haus!“ Voraus reiten Wotan auf einem weißen Schimmel und der wilde Jäger, der keine Ruhe mehr findet, weil er einst am

Karfreitag auf die Jagd gegangen ist. Hintendrein werden Druden und Hexen von einem Rudel Hunden gejagt, die man förmlich heulen hörte.

Auf einmal wurde es wieder still und der Spuk war vorbei. Alle, die es miterlebt hatten, waren froh und erleichtert, daß die wilde Jagd weiterzog über den bewaldeten Hügel hinein in den Teufelsgraben, um sich auszutoben. Ihr Hofhund, der Arras, den der Vater vergessen hatte einzusperren, war seit dem Tag, seit dieser Stunde für immer verschwunden.

Man kann sich denken, daß wir Kinder uns nach so einer schaurigen Erzählung nicht mehr trauten, ins Bett zu gehen. Erst nach einiger Zeit, als uns der Vater, der die Angst in unseren Gesichtern bemerkte, noch ein paar lustige Begebenheiten aus seiner Kindheit erzählte, um unsere Gedanken wieder in normale Bahnen zu lenken, erst dann ließen wir uns von den Eltern überreden, schlafen zu gehen. Nach einiger Zeit kam unsere Mutter noch ins Kinderzimmer, machte mit dem Weihwasser jedem das Kreuzzeichen auf die Stirn und sagte: „Schlafts guat und traamts recht schee!“, und jedes Kind spürte schon damals, daß trotz der finstersten und schrecklichsten Sachen im Leben, wenn wir es auch noch nicht begreifen, doch eine unendliche Liebe und Geborgenheit in der Familie ist, die uns beschützt und uns die ganze Angst nimmt.

Das verpatzte Dreikönigssingen

An den ersten drei Donnerstagen im Advent gab es früher in unserer Gegend den Brauch des Klöpflsingens. Arme Leute zogen von Haus zu Haus, sangen ihre schönen alten Klöpfllieder und sagten ihre Sprüche und Wünsche auf. Sie werden nicht oft abgewiesen worden sein, denn die Bauern wollten wieder gut machen, was man damals vor 2000 Jahren am Heiligen Paar versäumt hatte. Diese armen Leute bettelten sich Schmalz, Käse, Mehl und Speck zusammen, um wenigstens auf Weihnachten den sonst so mager gedeckten Tisch ein wenig aufzubessern.

Ich fand es schade als Bub, daß dieser Brauch zu meiner Kinderzeit bereits ausgestorben war, nicht nur, weil mir das Singen stets Freude machte, sondern auch, weil es bei uns zu Hause in den Nachkriegsjahren und bei einer Schar Kinder auch recht mager zuging.

Doch ein anderer alter Brauch wurde Gott sei Dank erhalten, nämlich das Dreikönigssingen am 6. Januar. Dieser Tag war für mich als Bub immer ein wichtiger Termin. Mit zwei Spezln aus meinem Viertel – dem Karli und dem Anderl, die auch ein bißchen singen konnten – traf ich mich ein paar Tage vor unserem Auftritt, um aus Goldpapier zwei Kronen und einen Stern zu basteln. Dabei probten wir noch das Dreikönigslied, das sich ja auch einigermaßen schön anhören sollte. Grad gnädig hatten wir es mit unseren Vorbereitungen und wir fieberten auf diesen Feiertag hin. Für die damalige Zeit war es auch eine einmalige Gelegenheit, sich als Bub etwas Geld zu verdienen, von dem man sich einen schon lang ersehnten Wunsch erfüllen konnte. Ein jeder von uns drei Königen malte sich schon aus, was er vom ersungenen Geld kaufen wollte. Einmal bildete ich mir ein Hemd ein, das genauso aussah, wie jenes, das John Wayne auf einem Kinoplakat trug. Den ganzen Advent über hatte ich es beim Kramer im Schaufenster betrachtet. Es war rot kariert und ich hatte vor, es mir gleich nach dem Dreikönigstag zu kaufen. Aber meistens kommt es anders, als man meint.

An Heilig Dreikönig trafen wir Buben uns beim Anderl. Jeder hatte sein Königsgwand dabei, das meistens aus einem langen weißen Nachthemd und einem Stück Vorhang bestand, der als königlicher Umhang diente, und natürlich die selbst gebastelte Krone aus Goldpapier. Ich selber mußte immer den schwarzen König Melchior spielen, weil das sonst keiner machen wollte. Dazu wurde ich vom Anderl seiner Mutter mit Ruß vom Ofentürl dementsprechend hergerichtet. Ein weißer Schal, der meinem Vater gehörte, wurde mir kunstvoll auf mein schwarzes Haupt drapiert. Mit dem weißen Nachthemd meiner großen Schwester und dem roten Vorhang aus dem elterlichen Schlafzimmer kam ich mir fast schon wie ein echter König aus dem Morgenland vor. Meinen königlichen Freunden ging es wahrscheinlich genauso.

Und so zogen wir mit unserem goldenen Stern viel bestaunt von Anderls Eltern und den übrigen Hausbewohnern los. Gleich beim ersten Nachbarn klingelten wir und begannen unser Dreikönigslied:

„Die Heiligen drei König san hochgeborn,
sie reiten daher mit Stiefel und Sporn.
Sie reiten vorbei am Herodes seim Haus,
Herodes der schaut grod zum Fenster heraus.“

Besonders die letzte Zeile fand ich immer besonders schön und sang sie mit voller Inbrunst. So wanderten wir von Haus zu Haus. Nach einer guten Stunde machten wir eine kleine Zwischenbilanz unseres Verdienstes, denn unser Säckchen war schon gut gefüllt

mit Plätzchen, Orangen, Äpfeln und Lebkuchen und beim Geldzählen fiel uns auf, daß schon etliche Fuchzgerl und Markl dabei waren. Als wir so zählten und schon hochrechneten, wie viel wir dieses Jahr zusammenbringen würden, stutzten wir plötzlich, denn es war aus der Ferne ein herrlicher Gesang zu hören. Wer war denn das? Wir schlichen näher heran, versteckten uns hinter einem Holzhaufen und lauschten ganz ehrfürchtig dem Dreikönigslied, welches wunderschön und glockenrein klang. Als wir daraufhin genauer schauten, erblickten wir zwei Buben, ange-

zogen wie wir, die uns alteingesessenen Heiligen Drei Königen in die Quere kamen. Bald erkannten wir sie auch, trotz ihrer Verkleidung. Es waren unser ehemaliger Schulkamerad Luggi und sein Bruder, die schon seit ein paar Jahren zu den Regensburger Domspatzen gehörten. Jetzt, in den Ferien, waren sie daheim und wollten sich mit ihrer Sangeskunst auch ein bißchen Taschengeld verdienen.

In der ersten Wut über so eine Frechheit meinten wir, daß die zwei eine anständige Tracht Prügel verdient hätten. Doch dann kamen wir zu der Einsicht, daß es irgendwie blöd ausschauen würde, wenn da auf der Straße fünf Heilige Drei Könige raufen. So gesehen blieb uns eigentlich nichts anderes übrig, als unser diesjähriges Dreikönigsingen zu beenden, denn gegen die geschulten Regensburger Domspatzen anzusingen, hätte nur bedeutet, daß wir uns ordentlich blamiert hätten. Entmutigt gingen wir wieder zurück zu unserem Ausgangspunkt. Wir zogen unser Königsgwand aus und teilten uns die spärliche Ausbeute dieses Jahres. „Jetz muaß hoit des rotkarierte Hemad no a Jahr im Schaufenster vom Kramer bleibn“, dachte ich enttäuscht, als ich den Ruß mühselig vom Gesicht wusch. „Aber nächsts Jahr am Dreikönigstag, do geh ma's wieder o“, versprachen wir drei Mitstreiter uns. Und insgeheim hoffte ich, daß wenigstens einer von den zwei Regensburger Domspatzen inzwischen einen Stimmbruch bekäme, damit sie uns nicht mehr dazwischenkommen würden.

Bilderverzeichnis

Sämtliche Bilder und Motive in diesem Buch sind Ölgemälden des Autors und Malers Karl Wiedemann entnommen:

Das Auracher Moor
im Spätherbst

Spätherbstlicher Wald
mit Brecherspitz

Schliersee von
Unterriß aus

Goaßstraßl nach
Schliersee

Im Tuftal bei
Schliersee

Die Loisach bei
Kochel am See

Schlierach mit Blick
auf Westenhofen

Vereister Schliersee
vom Kurpark aus

Radspielerhaus in
Schliersee

Holzplatz beim
Unterriß bei Schliersee

Schliersee am Kurpark

Schlierach mit Brecherspitz und Jägerkamp

Schlierach bei Westenhofen

Schliersee vom Malerwinkel aus gesehen

Blick von Alt-Hausham Richtung Schliersee

Schliersee im Morgennebel

Lichteinfall im Herbstwald

Schliersee von der Hochburg aus gesehen

Herbstliches Bergpanorama

Winterbach unter dem Wendelstein

Winterlandschaft zwischen Au und Feilnbach

Schlierach mit Westenhofener Kirche

Fitz nochmal!

Gedichte und Geschichten von Gerd Fitz, Hans Fitz, Walter Fitz, Christl Fitz und Lisa Fitz

Der bekannte Schauspieler Gerd Fitz („Die Löwengrube“, „Forsthaus Falkenau“) hat in diesem Band nicht nur eigene humorvolle Gedichte und Geschichten zusammengestellt, sondern auch Werke seines Vaters Hans Fitz, seines Bruders Walter Fitz, seiner Frau Christl Fitz und seiner Nichte Lisa Fitz. Ganz nebenbei erzählt er dabei in Kurzbiographien und mit zahlreichen Fotos von der künstlerischen Geschichte und Tradition seiner Familie. In Texten und Bildern formt sich somit das Profil einer großen Künstlerfamilie.

Gerd Fitz, *Fitz nochmal!* gebunden, 128 Seiten, Format 17,2 x 20,5 cm, durchgehend mit Fotos und 4-farbigen Illustrationen bebildert, ISBN: 978-3-939813-00-2, Preis: 19,80 Euro. Erhältlich im Buchhandel oder direkt beim Verlag: Con-Text, Heigenkam 1, 83627 Warngau, Tel.: 080 21 – 90 91 47, Fax: 080 21 – 90 95 84, E-Mail: info@con-text.biz

Herzenswärmer & Heilige Nacht

Foto: Ingrid Theiss

Christl Fitz beleuchtet in kurzen Szenen einige Erlebnisse aus ihrer Kindheit, die sie als Tochter eines studierten Ökonomen auf einem Bauernhof im Landkreis Miesbach verbracht hat. Den Hintergrund bildet die schwierige Zeit von 1939 bis 1948. Unbefangene Kinderspiele, Gesprächsfetzen der Erwachsenen und Dialoge zwischen der kleinen Christl und dem frechen Kurti, ihrem besten Freund, spiegeln auf unnachahmliche Weise wider, wie damals die ernste und sorgenvolle Erwachsenenwelt in der Welt der Kinder aufgenommen wurde.
Dabei schildert sie das Erlebte aus der Perspektive des kleinen Mädchens von einst. Mit diesem Kunstgriff gelingt es ihr, die damalige Zeit in einer Unmittelbarkeit zu schildern, die ohne Umweg direkt ans Herz rührt. Den Tenor bildet dabei eine unbändige Lust an der Skurilität des Alltags und ein Humor, der selbst schlimmen Erlebnissen die Spitze zu nehmen vermag. So fühlt sich der Leser bei der Lektüre dieser 15 „Herzenswärmer" auf wunderbare Weise getröstet und mit der Welt versöhnt.

Das Buch ist durchgehend mit farbigen Aquarellen vor allem von Christl Fitz und befreundeten Künstlern illustriert.
128 Seiten, Format 20,5 x 17,2 cm,
erschienen in 2. Aufl. im Verlag von
Dr.Alexander Bronisch, Con-Text, Warngau.
ISBN: 978-3-939813-01-9. Preis: 19,80.
Zu beziehen über den Buchhandel und direkt
beim Verlag: Heigenkam 1, 83627 Warngau,
Tel.: 08021-909147, Fax: -909584,
E-Mail: info@con-text.biz

Jedes Jahr zur Adventszeit stimmt Gerd Fitz sein Publikum mit der „Heiligen Nacht" von Ludwig Thoma auf die Weihnachtszeit ein. Diese Lesung ist jetzt, umrahmt von der Musik der „Münchner Altstadtsängerinnen und der Harfinistin Marlene Eberwein, auf CD erhältlich. Preis: 12,- Euro zzgl. Versandkosten. Bestellungen werden entgegengenommen unter Fax: 08021-909584, E-Mail: info@con-text.biz Tel. 08021-909147.